空洞のなかみ

松重豊

空洞的內在

目次

愚者妄言

演者戲言

愚者妄言

公車裡〔序曲〕

一陣冰冷的落山風拂面而來。這天的天氣預報很準，下午果然下起了雨。由於正值賞楓的季節，京都到處都是人。在鄰近嵐山的這一帶，如果是平常的話，應該可以看見不少衣著華麗的團體吧。可惜因為下雨的關係，太秦的路上幾乎看不見行人，街景的氛圍也從觀光景點變成了偏僻鄉村。

開往京都車站的公車通過我的面前。我趕緊招手，那公車卻對我視而不見。我快步走向太秦開町的公車站，一看時刻表，下一班公車還要等十五分鐘。長椅被雨淋濕了，更何況我還撐著雨傘，拖著行李箱。要我在這樣的狀態下等十五分鐘，實在是無法忍受。問題是搭計程車到飯店至少要花兩千圓，我的口袋沒有那麼深。我迫於無奈，決定走向嵐山電車的車站。搭小型的路面電車到終點站四條大宮，那裡應該有遮雨的地方。從那裡走到飯店要花二十分鐘，但這似乎是最好的策略了。通往車站的道路沒有人行道，路面狹窄且凹凸不平，有時還會被大卡車逼到角落。塞得爆滿的行李箱輪子不斷發出類似哀號的吱嘎聲響。

十字路口的另一頭，便是一座小小的車站。但是雨勢在此時變大了。十字路口雖然狹小，卻有些複雜，而且不時還有電車通過，等了很久都沒有變綠燈。我無計可施，決定拖起行李箱，到後面的山門[1]底下暫時躲雨。京都有許多歷史悠久的建築物，往往融入了日常景色之中，如果沒有特別注意，甚至不會發現這是一座古蹟名剎。過去我不知道已經通過這裡幾次，直到現在才仰望山門，不由得驚嘆京都是一座多麼有深度的城鎮。原來這裡就是「廣隆寺」。下著雨的平日午後，反正接下來沒有預定行程，我決定進去看看。

1 指寺院的大門或牌樓。

跟最初比起來，我已或多或少習慣了京都的片場。但這裡的習慣差異之大，簡直就像來到了外國一樣，讓我不得不隨時繃緊神經。這次演的不是古裝劇，而是現代劇，故事背景是在東京，不知為何跑到京都來拍攝。演員能夠拿到的住宿費用只有六千圓，扣掉稅金只剩下五千四百圓，而且還得自己安排飯店。如今是賞楓季節，每一間飯店都沒有辦法久住，我只好拖著大行李箱往來於各飯店，過起吉普賽人的生活。

由於天氣預報說今天會下雨，我在昨晚接到了變更行程的通知。今天早上五點半，我就進了片場，在下雨之前拍完了今天的預定部分。下一次的拍攝時間是下星期，預計今天晚餐前我就可以回到東京了。沒想到當我到一樓向演員事務處的人員索取回程的新幹線車資時，對方卻說根據天氣預報，三天之後將會下雨，要我先別回東京。這種讓所有演員持續待命，不管是晴天還是雨天都可以有東西拍的行程安排模式，在業界術語裡稱作「兩天」。「三天後」這個數字實在讓我很頭痛。因為行程上必須要有整整三天的空檔，上頭才會核發新幹線車資。[2]當然如果違背了預期，那天沒有下雨的話，我就沒有鏡頭要拍了。

如果運氣不好，或許得在這裡枯等一個星期。現在我所住的飯店，一個晚上要六千五百圓，也就是每天我都必須自掏腰包付出一千一百圓。更糟糕的是我已經辦理退房了。

幸好在聯絡的時候，剛好有人臨時取消房間，讓我安排到了今明兩天的宿舍房間。但我還是不禁感慨，明明是臨時改變了預定行程，我的檔期卻空到完全沒有其他工作會因此撞期。

由於原本已經預定要回家，我把所有的東西都塞進了行李箱裡。如今我一邊把東西拿出來放回休息室的置物櫃內，一邊想著今天上午拍攝時的臺詞。只有三行而已。明明只有三行的臺詞，我卻說不好。平時為了能夠因應突然變更行程的情況，我總是一拿到劇本就趕緊把臺詞背下來。我希望自己能夠盡量配合每一位導演的要求，所以會事先盤算好各種不同的表達方式及音調的微妙變

2 編按：京都片場文化可見本書〈拿下假髮洗個澡，就在那個夜晚體會到了萬願寺甜辣椒有多麼甜〉一文（頁一七四）。

化。這次明明只有三行的說明臺詞，早就已經背得滾瓜爛熟，但就是說不好。排練的時候明明沒有任何問題，正式拍攝時卻一直吃螺絲。失敗了兩、三次，跟我演對手戲的年輕演員安慰我說：「這完全沒什麼大不了，我也常這樣。」閉嘴，別拿我跟你相提並論。失敗了五、六次，助理導演遞上來一杯水，問我：「要不要去外面呼吸一下新鮮空氣。」這傢伙竟然在偷笑。失敗了七、八次，連我自己都感覺不可能說得好了。失敗了十多次之後，導演下令大家休息一下。

我向來討厭懶惰的傢伙，特別瞧不起那種毫無準備就站在鏡頭前的演員。所以我總是牢牢記下每一句臺詞，不管是在冰點以下的極地，還是在赤道正下方的炎熱地獄裡，我都有自信能夠把戲演好。我每次都做好萬全的準備，不管演對手戲的人怎麼演，我都可以確實應對。我會讓自己完全融入那個角色之中，這是我對自己的要求。

歷經了宛如地獄一般的休息時間，重新開始拍攝，我還是說不好那三行臺詞。有人建議乾脆分割成三個鏡頭，每次只說一行臺詞，但我卻連一行也說不溜。最後他們沒有辦法，只好為我準備了小抄，也就是一張寫上了臺詞的模造紙，貼在演對手戲的年輕演員的胸口。那年輕演員笑著說：「完全沒問題。」後來那個鏡頭到底是怎麼拍完的，我已經完全記不得了。我只記得我不斷地說著「謝謝」、「對不起」、「可能是昨天喝了酒的關係」、「對不起」。我唯一能做的事，就是做出一些愚蠢的動作，避免自己的傷口繼續流血。

我拖著重新整理好的行李箱，走下了演員會館的樓梯。

此時我看見了一個跟我同時期進業界的演員，正一邊走下計程車，一邊和經紀人討論事情。我們雖然互相認識，但我故意轉向另外一邊，避免和他眼睛對上。

一個曾經和我一起演過舞臺劇的年輕演員，穿著一身武士的服裝，朝我的方向走來。我故意做出從公事包裡拿出摺疊傘的動作，避免和對方四目相交。都已經是四十多歲的人了，我到底在幹什麼？過強的自我意識，讓我不由得心浮氣躁。

一名演員事務處的女職員問我：「要不要叫計程車。」我笑著無視她的問題，緩緩撐開摺疊傘，離開了片場。

我茫然地思考著是不是該洗手不幹了。

寺院內部遠比想像要寬廣得多，因為下雨的關係，一個前來參拜的客人也看不到。我走了一會兒，看見櫃臺在左手邊。我在櫃臺付了七百圓的拜觀費，從窗口老人的手中接過找零的零錢，及一本蓋了印章的小冊子。這就跟門票是一樣的概念。就當作是我為了躲雨，走進咖啡廳點了一杯咖啡吧。

小冊子上寫著廣隆寺是京都最古老的寺院，名稱與位於奈良的法隆寺相近，同樣都是與聖德太子頗有淵源的名剎。當初入學考的時候，我明明選擇的是日本史，此刻卻對這座寺院一無所知，讓我不禁為自己感到丟臉。廣隆寺主要供奉的是國寶彌勒菩薩像。這天下午並沒有校外教學的學生團體，再加上因為下雨的關係，通往靈寶殿的一路上沒半個人影。

我行了禮之後走進殿內。寬敞的殿內正前方，便是那尊美麗的彌勒菩薩像。

「彌勒菩薩半跏思惟像」。

我一看那佛像，就有一種似曾相識的感覺。不過這是理所當然的事，每個人都曾在日本史的課本上見過。如今親眼目睹實物，讓我忍不住想要跪下來膜拜。那並不是一種屈服於高壓震懾的敬畏感，而是一種忍不住想要敞開胸懷獻上一切的祥和感。我完全沒有任何通靈能力，也不曾信奉任何宗教，為何我會有這樣的感覺，我自己也說不出個所以然來。

佛像的前方有一些榻榻米，方便讓信眾坐著與佛像正面相望。由於殿內一個人都沒有，我得以坐在佛像的正前方。我什麼事也沒做，就只是坐在那裡消磨著時間。我好像對佛像說了些話，也好像聽見佛像對我說了些話。

我不記得自己在那裡坐了多久，但可以肯定的是我一直坐到閉殿的時間才離開。

坐在公車站的長椅上，我等待著公車到來。探出頭來的陽光，帶走了長椅上的雨水，傍晚的街道也恢復了該有的熱絡。不久之後，開往京都車站的72路公車到站，我拖著沉重的行李上車，走向最後面的座位。雖然這時是尖峰時間，但是我運氣很好，公車裡沒什麼乘客。我得以坐在最後座，把行李放在旁邊。我的前面坐著一個老人，他一直以手拄著臉頰，看著窗外的景色。今天的晚餐就在四條烏丸吃紅燒鯖魚吧。我在心中喃喃自語。

「你是演員嗎？」坐在前面的老人忽然轉頭問我。我無法分辨對方是男性還是女性。不過我看他翹著腳，或許是老爺爺的機率高一些。年紀愈大的老人，性別的差異愈不明顯。不過再仔細一看，對方到底多大年紀，我也說不上來。

「對。」我朝著對方輕輕點頭。接下來陷入了一陣沉默，我猜想對方可能是想不起來我叫什麼名字吧。通常遇到這樣的情況，對話就會到此結束。

「你演過什麼？」對方操著一口柔和的京都腔。

「呃，很多。」當然沒有所謂的代表作。

我猜想對話大概會到此結束，於是轉頭面向窗外。

「你看了好久。」

老人說道。我不知道他這句話是什麼意思。

「我偶爾會遇到像你這樣來太秦拍戲的演員，大多都是一個人來。」

我這才醒悟，他就是剛剛坐在售票口裡的老人。

「啊，方才很謝謝你。」我說道。

「你一直看到剛剛，對吧？」

「是啊，一個沒注意，竟然待了這麼久。」

「你是第一次來？」

「對。」

「那佛像很美吧？」

「真的很漂亮。」

廣隆寺就在片場的旁邊，應該常會有演員到寺院裡打發時間吧。對老人來說，像我這樣的參拜者應該是一點也不稀奇才對。

「想通什麼了？」

「咦？什麼意思？」

「你不是跟菩薩對話了好久？」

「呃，該說是對話嗎？好像是我在發牢騷，又好像是菩薩在安慰我，當我回過神來，已經五點了。」

我老實回答。

「那尊菩薩啊，裡頭可是空空如也呢。」

「咦？」

「像那樣的木造佛像，要把裡頭挖空得花上不少工夫，但如果沒這麼做，可沒有辦法保存上千年。裡頭挖空了之後，一來發生火災時方便搬運，二來也比較不會龜裂，可說是相當聰明的作法。」

「原來如此。」我表現出一副欽佩的態度。

「那個空洞裡可以放得下很多東西，像你這種人的牢騷，裝再多都沒問題。」

「噢。」

「換了另外一個人，裡頭又變空了，又可以裝得下很多東西，很厲害吧？有人說那就叫作宇宙，我一輩子沒離開過京都，不太清楚宇宙是什麼玩意。」

「宇宙……？」

公車的顛簸維持著舒適的節奏。

太陽西下，京都的街景逐漸染上霓虹色彩，轉變為繁華的鬧區景象。

「小哥，你的工作不也是這樣？扮演各種不同的角色，就好像把東西放進容器裡又拿出來。」

我一時不知該說什麼才好，甚至連隨口附和也沒有辦法。老人微微一笑，又說道：

「看來你的裡面也是空空如也。」

我感覺這句話切中了核心，如一顆重石壓在我的胸口。

「我真的是空空如也，什麼也沒有。」我說道。

老人緩緩轉身面對正前方，按了下車鈴。

「下次有空，再到我們寺裡來看佛像吧。」

「謝謝，很高興跟你聊天。」

「對了，『空空如也』並不代表『什麼也沒有』。」

老人說完這句話，便在烏丸御池的公車站下了車。

那兩個詞在我的腦海裡不斷盤旋。

似乎就從那一天起，我漸漸搞不懂自己的工作到底是什麼了。

偵訊室〔第一話〕

眼前有一張桌子，桌上除了一座沒有點亮的檯燈之外，什麼也沒有。桌子的前方有一張椅子，我似乎就坐在那椅子上。腦袋昏昏沉沉，不明白自己為什麼會坐在這個地方。這是一間相當昏暗的房間，三面都是牆壁，並沒有窗戶，中央就擺了這張小桌子。前方有一扇樸實無華的門，擋住了周遭所有的聲音。我以朦朧的腦袋試著整理現在的狀況。

我今天演的是什麼？

這看起來像是一間「偵訊室」。這麼說來，我演的應該又是刑警了吧。類似的橋段，已不知演過多少次了。我身上穿著顏色樸素的西裝，沒有打領帶。

這套服裝大概也在不少戲劇裡用過很多次了吧。可能是第五臺或是第八臺，要不然就是東映。我演刑警，已經是駕輕就熟了。

緩緩轉頭一看，牆邊還坐著另一名身穿制服的警察，正對著電腦擺出一副專心輸入資料的模樣。那大概是扮演記錄員的臨時演員吧。這麼說來，等等嫌犯應該會被帶進這間房間裡，我要做的事情就只是進行訊問，逼那傢伙招供就行了。我表現出一副游刃有餘的態度，朝身穿制服的警察微微一笑，他卻對我視而不見。

前方的門靜靜開啟，另一名警察將嫌犯帶了進來。那嫌犯的年紀看起來三十多歲，身材削瘦，長相給我一種似曾相識的感覺。

看來這個嫌犯的角色設定並非窮凶惡極的大壞蛋，而是個不得已才犯罪的凡人。我不清楚這個人的演技好不好，但應該是被上頭的人認定還不錯，才能擔綱這樣的角色吧。在警察的催促下，那個人在我對面的椅子上坐了下來，眼神中帶著驚恐，不敢與我四目相對。

接著維持了一陣緊張的沉默。

我按捺不住，正要主動發話，眼前的人終於開口了。但他的聲音太小，我根本聽不清楚，想必錄音人員也沒辦法清晰地錄下這些臺詞吧。只見他一直說個不停，我心裡暗想，就算再怎麼努力背下臺詞，如果演對手戲的人聽不見，那就沒有任何意義了。

沒辦法，看來我得發揮本領了。我打算大喝一聲，打斷他這些冗長的藉口，一口氣逼他招供，這樣的戲劇張力應該還不錯。

於是我用力一拍桌子，大聲喝道：「是你幹的吧？」

對方整個傻住了，一臉痴呆地凝視著我。我心裡暗想，這傢伙該不會不曾被父母大聲怒罵過吧？

沒想到就在這個瞬間，坐在我背後的制服警察，和跟在嫌犯旁邊的警察竟然同時上前，將我架住。放開我！你們是哪一間臨時演員事務所派來的？怎麼可以搞不清楚劇情設定就亂演？我沒有說話，只是瞪著他們，但他們絲毫沒有鬆手的意思。

就在這個時候，飾演嫌犯的男人說了一句奇怪的話。「沒關係，放了他。」兩人同時放手。

我心中有股不好的預感。

看來我搞錯角色了。

我仔細一看眼前這個男人，才發現他是拍過某咖哩廣告的著名演員，去年才演過ＮＨＫ的晨間劇。沒有錯，他肯定才是主角。

這麼說來，我才是嫌犯，是背負了某個罪名的配角。我一看自己的腳下，才發現自己穿的不是皮鞋，而是廁所的拖鞋。我實在應該早一點發現才對。

雖然搞清楚了角色，但我完全想不出嫌犯該說的臺詞。我甚至連自己為何遭到逮捕，也搞不清楚。對了，只要進行精神鑑定，或許就有機會無罪。我試著佯裝記憶喪失，眼前的咖哩王子卻突然開始對我嚴厲逼供，令我一時瞠目結舌，說不出話來。

王子突然變得能言善道，說得口沫橫飛，跟剛剛的態度完全不同。我心想，此時除了保持緘默之外，似乎沒有其他辦法了。不如就先這樣拖延一些時間吧。

不知過了多久，王子施展了各種心理戰術來對付我，例如將桌上的檯燈開開關關，或是以手上的筆在桌面輕敲。我心裡暗罵這傢伙竟然玩這些小把戲。肚子有點餓了。我漸漸沒有自信能夠繼續保持緘默下去。早點認罪或許會比較輕鬆，雖然我根本不知道自己做了什麼，但還是早點招供吧。

門板緩緩開啟，另一名警察將一碗東西交到刑警的手上。王子溫柔地將那個大碗公放在我的面前。蓋子的邊緣露出了豬排與雞蛋。

那是一碗豬排飯。

這年頭能寫出這樣的劇情，也算是奇葩。在偵訊室裡給嫌犯吃豬排飯？又不是在演喜劇。雖說這是給高齡者看的連續劇，這樣的設定還是有點太老土了。實在是落伍到不行。未免太不把觀眾放在眼裡了。就在這個瞬間，我完全失去了招供的意願。

從蓋子邊緣露出的豬排與雞蛋，完全沒有冒出熱氣。大概是事先煮好的一次性小道具[3]吧。可能是美術人員在一次性道具室裡製作出來的，也有可能是叫外面的店家送來的。驀然間，我有一股想要把蓋子掀開來看一看的衝動。我想要端起那個大碗公，把飯扒進嘴裡。我忍不住在心中想像咬斷豬排時的肉汁。雖然涼了，但是並不硬，半熟的雞蛋帶著湯汁一起通過我的喉嚨……

3 原文作「消え物」，指拍攝過程中只能使用一次的小道具。例如食物、香菸或預定會摔破的餐具等等。

不行，我受不了了，我非吃到不可。

我眼眶含淚，目不轉睛地看著對方的眼睛。

「是我幹的。」

嘎貝爾〔第二話〕

眼前的桌子上，放著一把小小的木槌，以及貌似槌座的東西。我不知道那是什麼東西，也猜不出那是做什麼用的。我試著拿起那把木槌，朝著槌座敲下。木槌發出了清脆的聲響。

就在這一瞬間，周圍的空氣突然變得緊繃，我這才抬頭環顧四周。正前方的稍遠處，有一群人坐在椅子上，每個人都屏著呼吸看著我。看起來像是一群觀眾。這麼說來，我應該是某種演奏家？問題是像這樣的一把木槌，不可能演奏得出像樣的音樂。仔細一看，左右兩側也各有一排觀眾。

今天我到底扮演什麼角色？

關西地區的相聲家或說書人嗎？但他們用的是響木或摺扇，不是木槌。我又拿起了那把木槌，正要惡作劇一番，忽然跟坐在正前方的男人四目相交。

坐在最前排的那個男人，兩手被繩索綁住了，旁邊還有貌似警察的人牽著繩索。原來他不是劇場的觀眾，而是被告。

我不禁垂下了頭。坐在被告正前方的我又是誰？我身上穿著寬鬆的黑色衣服，在我的兩側也有身穿相同服裝的人。左右兩排那些人原來也不是觀眾，而是律師跟檢察官。看來不用懷疑了，我是個法官。

剛剛敲了那一下木槌，讓所有人的視線都集中在我身上。接下來我得說些臺詞才行。

「肅靜！」

太好了。這句臺詞應該沒有錯。等等，只說這句似乎不太夠。對了……

「現在開庭。」

沒想到拍攝的竟然是法庭的橋段，讓我有一些吃驚。幸好我坐的是審判長的位置。這麼大陣仗的法庭場景，必定是要拍電視劇或電影的重頭戲，劇本恐怕長達數頁。目前還看不出來主角是誰，可能是律師、檢察官，或是坐在旁聽席上的刑警或被告家屬。

往左邊望去，我發現律師席上坐著一個相當有名的年輕女演員。我雖然沒有跟她一起演過戲，但可以肯定她演的絕對是主角。這大概是一齣以女律師為主角的電視劇或電影吧。如果是這樣的話，後半段一定是看她大出鋒頭。像這樣的戲，一定會有結局大翻盤。光是她自己的臺詞可能就有好幾頁。

另一方面，飾演檢察官的，則是跟我曾經有過好幾次合作經驗的某個前途相當看好的中堅演員。他的演技也是屬於實力派，所以劇作家才會以這兩人的攻防當作重點橋段吧。

坐在旁聽席上的演員，也有好幾個是熟面孔。或許是因為今天沒有臺詞的關係，他們的神情看起來並不特別緊張。

我是審判長，我的臺詞大概只有「抗議成立」、「抗議無效」、「肅靜」及「本庭宣布閉庭」這四種。雖然過程會很長，但沒有必要害怕。只要這幾天扮演好一個沉著冷靜的審判長就行了。

「現在開始朗讀起訴狀。」

右手邊那個飾演檢察官的中堅演員站了起來。他的低沉嗓音迴盪在整個庭內，那聲音相當好聽。這讓我回想起來，他上次還擔任過ＮＨＫ某紀錄片的旁白。我不禁聽得入神。

但是聽著聽著，我漸漸開始覺得這朗讀的橋段似乎有些太長了。這種說明性的詞句，有必要占據這麼多的時間嗎？畫面中的人物完全沒有任何動作，觀眾應該也會感到枯燥吧。似乎可以再精簡一點。又聽了一會兒，我開始覺得那嗓音似乎也有點太低了。觀眾聽久了，搞不好會轉臺。

不過他能把這麼長的臺詞背下來，也算是了不起。這點確實讓人不得不佩服。要是我的話肯定做不到。從前我曾經旁聽過真正的審判，當時的檢察官不僅聲音非常小，而且念得結結巴巴。那才是現實中的情況吧，嗯……

哎呀，糟糕……滿腦子想著其他事情，竟然分神了。得把注意力放在演戲上才行。

朗讀的聲音還是那麼低沉。不，等等，這個部分剛剛不是念過了嗎？唉，算了，隨便怎麼樣都好。

呼……。

對了，說起這個木槌，聽說日本的法庭其實是沒有這玩意的。但是受了歐美法庭劇的影響，每次只要演到法庭都一定會有這個東西。它叫什麼來著？嗯，之前好像在某部作品裡看過。大概是「拉貝爾」還是「庫貝爾」之類的吧。等等，只要讓我閉上眼睛，我一定能想起來。[4]

話說回來，那傢伙怎麼一直在讀著起訴狀裡的相同段落？真是的，怎麼沒有人提醒他一聲？

阿貝爾、伊貝爾、烏貝爾，呃……愛貝爾、歐貝爾……

4 正確答案是「嘎貝爾」，也就是法槌的英文「gavel」的片假名發音。

「卡！」

打板聲響起，攝影機停止轉動。助理導演走上前來，竟然不是走向那個檢察官，而是朝著我走來。

「能不能請你打起精神來？你一睡著，我們就得重拍。」

酒吧〔第三話〕

杯子的形狀看起來像詭異的蝸牛，裡頭的飲料是從來沒見過的黃綠色液體。這隻杯子就放在我眼前的吧檯上，應該是我點的吧。由上方俯瞰那杯子，我發現杯緣正不斷冒著白煙，似乎裡頭的冰塊都不是真正的冰塊，而是乾冰。

這飲料的氣味還不錯。我不禁在心中想像，這或許是某種我平日很少嘗試的南洋風味水果雞尾酒。試著輕啜一口，甜味與酸味伴隨著香氣在我的口中擴散。雖然完全喝不出酒味，但因為我剛好口渴，忍不住一口喝乾了。不僅滋味不差，而且相當順口，讓我不禁有些佩服。

我一邊將那蝸牛狀的空杯子拿在手裡把玩，一邊思考著這杯飲料是以什麼樣的水果為基底。驀然間，我與站在眼前的調酒師四目相交。

就在那一瞬間，我倒抽了一口涼氣。雖然因為店內昏暗的關係，眼前的景象有些模糊，但我還是可以清楚地看出來，眼前那個身穿背心、打著領結的調酒師是一隻大食蟻獸。正確來說，是一個長得很像大食蟻獸的人。但是應該不會有人的鼻子長達一公尺，我只能說這個人的長相無限接近大食蟻獸。他笑著指了指我的杯子，我忍不住又點了一杯。

現在我到底在演什麼角色？

這裡到底是哪裡？

現在這個情況，我實在不太敢放眼張望，但我總得釐清自己置身在什麼樣的環境裡。這間店的大小差不多就像一間小型的劇場，客人不算多也不算少。每個人都在說話，但因為回音的關係，我一句也聽不懂。我仔細觀察每個客人的相貌，果不其然，每張臉都遠超越我的想像。其中只有少數幾個人看起來勉強還像個人。除此之外，不是看起來像動物，就是看起來像外星人。我正心浮氣躁地看著這副景象，一頭牛蛙忽然和我眼睛對上了。我不想招惹麻煩，趕緊將視線移向一旁。

我可以肯定這是一家非常荒唐的酒吧。但我實在想不出來，現在到底是在拍哪一部戲。是喜劇？是鬼片？還是科幻片？若要勉強舉出一些片名，當然還是舉得出來，但我並不認為自己會有機會出現在那些片的拍攝現場。為了讓自己的心情平靜下來，我輕輕含了一口眼前的雞尾酒。

忽然間，店門外傳來喧鬧聲，一大群人湧入了店內。整間店開始瀰漫著一股緊張的氣氛，當然我不知道理由是什麼。在這種人生地不熟的環境裡，與其尋找出口並且逃出去，或許在這裡靜觀其變更加安全一些。為了保險起見，我在口袋裡掏摸，想要找找看有沒有什麼東西能夠當作武器。最後我沒有找到武器，只找到一枚小小的標籤，上頭以油性簽字筆寫著「決戰猩球用」。當然現在在拍的這部片並不是《決戰猩球》，顯然這是重複使用的戲服。

不久後，喧鬧聲變成了大亂鬥。各種不同的東西在天上飛來竄去，東西遭砸毀的巨大聲響不斷迴盪在店內。打了一會兒，一條手臂落在我眼前的吧檯上。我知道尖叫會破壞作品的世界觀，所以只能暗自壓抑。

我轉頭望向正在打架的那群人。一個頭髮花白的老人，跟一個看起來像猿猴的巨人，正被一大群妖魔鬼怪包圍著。雖然人數差距懸殊，但是老人和巨人非常厲害，不過一眨眼工夫，就打倒了絕大部分的敵人，距離勝利只差一步了。那個老人不僅身手非凡，而且我好像在哪裡看過。因為他的動作太迅速的關係，我花了不少時間才認出來。沒錯，就是他。

哈里遜・福特。只不過是坐在海邊的高腳椅上[5]，在日本就可以變成歌詞

5 此處指的是PUFFY在一九九七年發表的單曲〈海灘種種〉（渚にまつわるエトセトラ），這首歌的歌詞中提到了坐在海邊高腳椅上的哈里遜・福特。

的那個人。旁邊那個巨大的猿猴更不用說，當然是丘巴卡[6]。絕對不會錯，這是那個系列電影的拍攝現場。

我登時血脈賁張，彷彿全身的血液都逆流了。

等等，我要保持冷靜。這麼說來，這裡就是韓．索羅[7]經常造訪的酒吧。現在這個橋段，一定是他要來找從前的夥伴出手相助。我這次所扮演的角色，就是韓．索羅的夥伴。

既然會約在這裡見面，我這個角色當然也不會是什麼乖乖牌。多半是什麼流著亞洲人血統的海盜首領吧。例如源自村上水軍[8]的海盜後裔什麼的。這個選角著實不差。渡邊謙和真田廣之都靠邊站，這個角色就由我來擔綱演出了。不過我的英文不太好，這方面只能請他們多包涵。不管是要站在反抗軍這邊還是帝國軍那邊，我都有自信能夠演得有聲有色。

等等哈里遜應該會朝我走來，給我這個老朋友一個擁抱。我知道的英文單字並不多，但好歹要擠出一些像樣的臺詞出來。

果然不出我所料，哈里遜打倒了所有的敵人之後，朝我這個方向走來了。我暗自提醒自己要保持冷靜，從椅子上站了起來，準備迎接他。

沒想到就在這個時候，丘巴卡突然奔到他的前方，朝著我猛撲而來。等等，現在還不是你上場的時候。我試著用英語冷靜地對丘巴卡曉以大義。但是我的喉嚨所發出的聲音，卻是「啊啊啊啊啊啊」。完全不知所云。

丘巴卡也立刻發出「啊啊啊啊啊啊」的聲音回應，同時給了我一個熱情的擁抱。他以那巨大的身體緊緊抱住我，還對著我親吻。被丘巴卡親吻，完全不是什麼令人開心的事。

6 電影《星際大戰》中登場的虛構人物。
7 電影《星際大戰》中登場的主要角色之一。
8 日本歷史上相當著名的水軍（海盜）集團。

就在這個時候，哈里遜通過我們的身旁，從後門走出了店外。丘巴卡一邊發出依依不捨的「啊啊啊啊啊啊啊」，一邊跟著哈里遜離開了。

「卡！」

店內恢復了寂靜，每個角色都開始脫下身上的戲服。吧檯裡頭的那隻大食蟻獸，脫掉戲服後竟是一個嬌小的黑人女性。她伸出手來，示意要跟我握手，於是我跟她握了手。接著她又比了一個動作，意思是叫我也脫掉戲服。我朝臉上一摸，才發現整個臉上貼了一層厚厚的矽膠。我用力撕下那層矽膠，接著翻向正面。

一張塗了口紅的武技族[9]女性臉孔正在對著我微笑。

9 英文為Wookiees，《星際大戰》系列電影中丘巴卡所屬種族。

陪跑〔第四話〕

我正在跑步。

左腳和右腳規律地往前邁出，下垂的雙手維持著柔軟而鬆弛的狀態前後擺動。這種帶有節奏感的動作，能夠為大腦帶來快感。我用力吸了幾口氣，感覺心情愈來愈亢奮。

但是我並沒有慢跑的習慣。從前我曾因為做了太多比利健身操[10]，導致膝蓋積水，必須到醫院抽掉那些黃色的液體。從那次之後，我就深刻反省，盡可能不再做出會對下半身造成負擔的事情。如今我卻全神貫注地往前奔跑。

現在我飾演的到底是什麼樣的角色？

首先我想到的劇情，是我正在逃走。我可能騙了黑道分子的錢，可能搶了便利商店，也可能搶了老婆婆的包包。問題是我的手上什麼也沒有。難道我是正在遭警察追趕的通緝犯？還是偷腥被抓到的驚某大丈夫？還是正在遭怪獸獵殺的平凡市民？我想到了各種可能性，但我的背後完全沒有類似的跡象。我就只是不停地往前跑。

我的身上穿的是短褲及汗衫，所以我不可能是江戶時代的飛腳，或是希臘時代的傳令兵。好吧，讓我們回歸原點，從最基本的狀況開始想起。一個人在跑步，最有可能的身分是運動員。以我這樣的年紀，似乎不太可能飾演田徑選手，但畢竟現在邁入高齡化社會，有這樣的作品似乎也不是什麼奇怪的事情。

10 英文為Billy's Boot Camp，由比利．布蘭克斯（Billy Blanks）所推廣的一系列健身運動，曾於二〇〇七年在日本引發流行。

我試著摸摸自己的胸口，發現胸口貼著類似號碼牌的布塊。沒有錯，我現在飾演的肯定是田徑選手。而且我所跑步的地點並不是運動場，而是一般的國道。由此可知，我正在參加的是一場馬拉松賽跑活動。仔細一看，前方有白色的警車開道，路旁有不少觀眾揮舞著小旗子，正在為我加油打氣。由這個狀況看來，我目前正領先其他選手。我不知道像我年紀這麼大的馬拉松選手能夠演出什麼樣的故事，但我感覺那應該會是一個不錯的故事。

四十二．一九五公里的路程，世界最快紀錄是兩個多小時。目前到底跑多少了？我的左手手腕上，戴著一支有碼錶功能的手錶，上頭顯示著五十六分鐘。明明跑了這麼久，我卻一點也不感到疲勞。一定是因為這個角色讓我分泌了大量的腎上腺素，所以我感覺可以無止境地一直跑下去。

距離折返點還有三公里。我看到了標示牌。我告訴自己，後面的路還很長，絕對不能輕忽大意。如果沒有好好分配速度，將無法順利抵達終點。於是我稍微放慢了速度，就在這個時候，我感覺到背後似乎有人朝我靠近。我緩緩轉頭一看，後面有一名跑者正逐漸縮短跟我之間的距離。那是個身材修長的跑者，號碼是八號。我又轉頭看了一次，和那名跑者對上了眼。我沒有看錯，那是演員A。他的年紀比我小了兩、三歲，原本是模特兒出身，跟我一起演過好幾部戲。

只有我一個人跑步，確實沒有辦法變成一部作品。

必須要有人與人之間的激烈競爭，拚個你死我活，才能編織出人性的故事。愛情與友情的四十二・一九五公里。真無聊的標題。不難想像製作團隊在構思作品時有多麼草率。好吧，後面的一個小時，就讓我來創造出許多高潮，最後再讓A畫下一個完美的句點吧。這樣的劇情發展也挺有意思，我感覺到身體開始分泌腎上腺素了。

過了一會兒，A來到了我的身邊，形成兩個人並肩奔跑的狀態。這個畫面應該挺讓人熱血沸騰。為了避免畫面太過單調，我故意跑得忽左忽右，讓兩人之間的距離有些變化。

「可以了，謝謝你。」

A突然說了一句莫名其妙的話。為什麼他要跟我道謝？「可以了」又是什麼意思？真是一個奇怪的傢伙。我沒有理會他，自顧自地繼續往前跑。不一會兒，前方已看見折返點。

不愧是折返點，臨時演員的人數幾乎占滿了整個路面，不難看出製作團隊對這部作品的期待。我壓抑下亢奮的心情，打算為後半場的耐力競賽賭上自己的演員生命。

我對跑在旁邊的A比了一個奮戰到底的手勢。此時他又說了一句奇怪的話。

「辛苦了。」

算了，不理他。等抵達終點，導演喊卡之後，再找他問個明白吧。

我們兩人並肩跑過折返點的三角錐，現場觀眾的興奮登時達到最高潮。等等，你們激動得太早了。現在才過一半而已，接下來才是重頭戲。

通過了折返點之後，我稍微加快速度。沒想到就在我超越了A一步的瞬間，路旁突然衝出來一名暴徒。這名暴徒撞向我的腰際，接著將我緊緊抱住。我想要將他甩開，但因為跑了太久的關係，身體已不聽使喚。緊接著又有其他暴徒朝我撲來。陸陸續續有好幾名暴徒圍繞著我，將我緊緊拉住。放開我！你們在幹什麼！現在可是比賽中，你們別鬧了！

我朝前方望去，只見A繼續往前跑，彷彿什麼事也沒有發生。

你竟然要棄我而去？

我整個人被壓在馬路上，每一名暴徒的嘴裡都喊著：「好了，已經結束了。」什麼結束了？是你們的亂來搞砸了這場比賽！

掙扎的過程中，我扯下了胸口的號碼牌。緩緩攤開一看，上頭寫的竟然不是數字，而是四個英文字母「P」、「A」、「C」、「E」。

「原來我是……配速員……。」

我嘆了口氣，疲軟無力地說道。

土裡面〔第五話〕

我不知道自己睡了多久，只感覺身體異常痠麻。壓在我身上的不是棉被，而是某種沉重的物體，幾乎讓我喘不過氣來。我想要睜開眼睛，這才發現有東西擠壓著我的臉。我張開了雙眼，眼前看見的依然是一片漆黑。我想要說話，卻又發現我的嘴裡含著一個圓管狀的東西。或許正是這個東西，讓我得以呼吸。我試著將嘴張大，沒想到竟然有大量的物體灌進了我的嘴裡，泥土的氣味及觸感瞬間在我的口中擴散。

如今我正被埋在土裡。

中央高速公路雖然在鄰近八王子的地點發生了輕微事故，但車流還算順暢。在談合坂休息站買的星巴克咖啡，到了河口湖交流道時依然維持著正適合飲用的熱度。昨天睡覺落枕的痠痛感並沒有消失，但應該不至於對工作造成影響。我駛離了一般國道，繼續朝著西方前進。遊樂場裡看不見孩童的身影，由於地勢較高，樹木正以顏色宣告著秋天的結束。就在右手邊隱約出現西湖的時候，我慢慢將方向盤往左轉。

這次的拍攝現場，就在這附近的森林裡。他們給了我一張地圖，上頭做了記號的位置，就是製作團隊的等候地點。由於這附近一帶大多手機通訊不佳，他們特別詳盡地說明了集合的時間及地點。我陸陸續續看到不少告示牌，上頭的文字包含了「樹海」兩字。我回想起這一帶曾經是某邪教團體的根據地。

如今我正被活埋在富士的樹海之中。我試著分析當前的情況。

我這次飾演的到底是什麼樣的角色？

凡是題材涉及「死」或「殺」的作品，必定會有飾演屍體的人。屍體沒有臺詞，拍攝的過程相當輕鬆。但是在攝影的當下必須屏住呼吸，所以如果拍攝的是時間較長的橋段，甚至昏厥都有可能。胸部跟肚子都不能有絲毫的起伏。如果故意飾演一具睜著眼睛的屍體，就必須負起責任維持那個狀態直到最後。

家屬們哭哭啼啼的橋段拍完之後，屍體放入棺材裡，就不須再由活人飾演。就算不是病死，而是遭黑道殺害之後棄屍掩埋，一旦蓋上了土，就不需要活人了。如果是溺水而死，屍體必須以浮屍的狀態被撈上岸，但就算是這種情況，警方在確認死者身分後，就會為屍體蓋上藍色塑膠布，接下來就可以交給假人去演。所以通常演屍體的人可以比其他人更早回家。

然而我現在的情況，卻是一直被埋在土裡。而且地點還是富士的樹海。

等等，有沒有可能是這麼回事？在拍攝主角將我掩埋的橋段時，主角的演技實在太好，表情太過猙獰，整個拍攝團隊大受震懾。於是一行人抱著感動的心情去拍下一個場景，卻把演屍體的我忘在這裡了。沒錯，確實有這個可能。

我知道有一家製片公司很可能會幹出這種事。

四周一片寂靜，我完全聽不見有人要把我挖出來的聲音。驀然間，我好像聽見了有人在我的耳邊下達指令，於是我鼓起勇氣，開始移動我的身體。

首先我舉起雙手，試著攪動周圍的泥土。或許是因為枯草比例較高的關係，那些泥土比我原本所想的要輕得多。我的手肘用力向上一伸，就穿出了地面。接著我以手肘為支點，試著坐起上半身。費了一番工夫，終於讓頭也穿出了地面。雖然眼睛還睜不開，但我鬆了一口氣，至少不用再擔心自己會死在土裡。

驟然間，我聽見了女人的尖叫聲，那聲音讓我嚇得停止了動作。我維持著將頭探出地面的狀態靜止不動，接著慢慢轉頭面對聲音傳來的方向。或許此刻的我也正面臨危險，但因為臉上滿是塵土，我還是沒辦法睜開眼睛。我想要問一聲「沒事吧」，但因為嘴裡塞滿了泥土，令我忍不住劇烈咳嗽。

「咕嘎嘎嘎嘎嘎！」我發出來的聲音大概像這樣。

女人的尖叫聲更加慘烈，而且愈來愈遠。我急忙大喊：「別走，等等我。」但我的聲音又變成了：「咕嘎嘎嘎嘎嘎！」我站了起來，想要追趕上去，但因為兩腳痠麻，沒辦法走得筆直。而且因為昨晚落枕，脖子不太舒服，導致我的頭像抽筋一樣前後擺動。我的動作變得好奇怪，誰快來救救我。

讓我們客觀地審視當前的狀況吧。一個全身半裸且沾滿泥土的彪形大漢，一邊前後擺動脖子，一邊從口中吐出泥沙，搖搖擺擺地走向女人，還不時發出「咕嘎嘎嘎嘎嘎」的叫聲。

「卡！」

我感覺好像有人奔上前來將我抱住。大概是工作人員吧。剛剛到底跑到哪裡去了。對方遞給了我一條濕毛巾。我抹去臉上的泥土，環顧左右。太好了，我終於回到現實了。頓時感覺全身虛脫，忍不住坐了下來，此時我剛好看見助理導演插在腰際的劇本。

《TOKYO活死人 ～樹海喪屍篇～》

廉價的深夜節目。

血痂〔第六話〕

由於我經常必須睜著眼睛凝視他人，而且維持著不眨眼睛的狀態，導致我的眼球表面經常太過乾燥，有時眼皮的內側會出現血痂。這個職業病讓我感到相當頭痛。眼科醫師說我得了乾眼症，眼皮內側的血痂只能由醫生去除。日常生活中並沒有什麼方法可以預防惡化，醫生只是開了三種眼藥水給我，要我隨時保持眼球的濕潤。第一種眼藥水的成分和眼淚相同，雖說只要經常哭泣就不用點這種眼藥水，但一個大男人總不能一天到晚在別人的面前哭哭啼啼。第二種眼藥水的成分和狗的唾液相同，只要曾經洗過狗餐盤的人都知道，餐盤上那種濕濕滑滑的感覺很難除去，據說那個成分對眼睛很好。第三種眼藥水的成分和胃藥相同，這似乎是最有效的，但因為是白色的液體，從眼睛流出來的樣子如果被不知情的人看見，那個人可能會得心臟病。此外這第三種眼藥水還有個奇怪的副作用，那就是過了半天之後，會感覺好像有什麼苦澀的東西流過喉嚨。

我忽然想起來，今天我還沒有點眼藥水。

坐在前面的那個男人，正目不轉睛地看著我。那一對白多黑少的眼珠，彷彿是在瞪著我，也彷彿是在瞪著我背後的某個人。我也目不轉睛地看著男人的兩眼中央。沒有移開視線，也沒有眨眼睛。轉移視線不僅意味著敗北，同時也會為自己帶來生命危險。眼前這個男人不愧是黑道人物。

我現在演的是什麼樣的角色？為什麼要跟這樣的人物對峙？

坐在我眼前的這個人，是個幫派分子。就以這個大前提來進行推論吧。與他對峙的我，是平民百姓嗎？抑或，同樣是幫派分子？我一邊瞪著眼前的男人，一邊靠著模糊的眼角餘光觀察男人的背後景象。牆壁上掛著大大的家紋，就是電影裡黑道事務所內經常可以看見的那種圖騰。這麼說來，我的身分是外人，不是他的上司或手下。此外，家紋的兩側還有龐然大物不時微微蠕動，我原本以為那是巨大的爬蟲類動物，仔細一看，才知道是兩個小弟站在那裡。不管我是平民百姓還是幫派分子，總之我現在的處境相當危險。

「你快說吧，憋著對身體不好。」

對方終於開口了。口氣不算嚴厲，讓我稍微安心了一點。但我完全不知道對方到底指的是什麼事，這樣的質問只是讓我感到惴惴不安。唯一可以肯定的一點，是對方並非真的關心我的身體。

「我什麼都不知道。」

這句話並沒有半分虛假。我心裡猜想，我飾演的若不是遭黑道脅迫的律師，就是遭黑道脅迫的企業老闆。但說完了這句話之後，接下來當然不知道該說什麼才好。在漫長的沉默中，對方一直目不轉睛地瞪著我。一旦轉移視線，很可能會被認為我在說謊。但我的乾眼症卻在此時發作了。

因為長時間沒有眨眼睛的關係，我的右眼似乎出現了急性的血痂。就算只是微微轉動眼球，也會因為強烈的異物感而劇痛不已。當然在這個節骨眼，我沒辦法立刻離席，到鏡子前確認眼睛的狀況。由於沒有其他的辦法，我決定先摸摸眼皮，找出血痂的位置。

於是我持續瞪視著眼前的黑道人物，同時慢慢舉起右手。為了避免遭對方懷疑，我的動作故意做得非常慢。我假裝以食指掏右邊的耳洞，趁機想要以小指觸摸右眼的眼角。但我的眼角完全沒有受到觸摸的感覺。

好奇怪，這是怎麼回事？我將手掌舉到眼前一看，才發現我沒有小指。

原來我不是律師，也不是企業老闆，而是個沒有小指的黑道人物。一個因為犯了錯而被砍掉小指的小混混。我頓時感到既窩囊又狼狽。此時我的眼睛再度傳來一陣劇痛，彷彿是在落井下石。我忍不住拚命揉起眼睛。我已經顧不了那麼多了，總之得趕快除去卡在眼球上的血痂才行。

我這個莫名其妙的舉動，引來了男人背後兩名手下的懷疑，他們從兩側將我的手腕按住。到了這個地步，我已經顧不得這些流氓要對我做什麼了。我甚至愚蠢地想著是否該對他們說出實情，請他們帶我去看眼科。驀然間，他們開始朝我揮拳。第二拳剛好打在右眼上，令我感到加倍疼痛，忍不住在地上翻滾。那兩個人立刻撲了上來，將我整個人壓制在地上。

「快說！到底在哪裡？」

那些流氓所說的臺詞，我一句也聽不見了。血痂遭到毆打的痛楚，以及飾演沒有小指的小混混的窩囊感，讓我忍不住掉下了眼淚，開始哽咽啜泣。驀然間，我的右眼不再疼痛，讓我頓時感覺神清氣爽，彷彿終於擺脫了糾纏著我的髒東西。太好了，眼睛裡的血痂終於掉出來了。

此時對方的一名手下撿起了從我的眼角掉出來的異物。

「老大，原來藏在這種地方。」

那人的手上，捏著一片被眼淚濡濕的ＳＩＭ卡。

手術室〔第七話〕

房間的中央擺著一張手術檯。這間房間與一般病房的差異，在於大量的照明燈光。不鏽鋼的檯座及手術器具在無數的燈光下熠熠發亮。雖然非常明亮，但是手術檯周圍的光線經過特殊設計，不會直接照射眼睛。環繞著手術檯中央的無影燈，消除了執刀醫生的影子。此刻手術檯上並沒有病患，但遲早這裡將成為戰場。我靜靜地站著不動，屏息等待著那一刻的到來。

這次我演的是醫生。

最近以醫院為題材的作品變多了，穿上白色長袍的機會也大幅增加。我只能說這種作品的拍攝現場總是相當嚴肅。一來主題攸關人命，二來臺詞有夠難背。許多莫名其妙的專業字眼，即使背得滾瓜爛熟，也不知道那是什麼意思。更糟糕的是有些詞句實在相當難念。還記得有一次，我差點被「多切除切除術」[11]這個詞搞死。愈是緊張的場面，「多切除切除術」這個詞聽起來愈像是童言童語。

幸好今天拍攝的是動手術的橋段，每個人的臉上都帶著碩大的口罩。就算吃螺絲吃到亂七八糟，只要其他演員不噴笑出來，都可以事後再重新配音。

手術室的自動門緩緩開啟，病患躺在擔架床上被推了進來。四名護理師及看護助理以熟稔的動作將病患移動到手術檯上。病患是一名年約七十多歲的老婦人，臉上戴著人工呼吸器。所有演員各就定位，有的確認病歷表，有的裝設心電圖，有的準備開刀器具，每個人都忙得不可開交。我心中的緊張感也逐漸

11 這邊為了保留日文的饒口感，故維持原文。

攀升。

話說回來，我到底演的是哪一科的執刀醫生？

手術室的門再度開啟，三名身穿手術服的助理醫生走了進來。總人數多達八個人，可見得這是一場大手術。其中一人應該是麻醉醫生。進行全身麻醉的時候，必須待在病患的床邊，一邊以監控螢幕觀察患者的狀況，一邊注入藥劑。雖然是個枯燥乏味的工作，幾乎不會有什麼動作或臺詞，卻是相當重要。我過去曾經在一部以護理師為主角的作品裡扮演過麻醉醫生，很清楚飾演那個角色有多麼無聊。

其他兩名醫生則是助手。雖然兩個人都只露出眼睛，但我還是看出其中一人是某超人氣偶像團體的成員。既然是連我也認識的演員，想必我與他的對話會是這個橋段的主要內容。

我慢條斯理地走到手術檯的旁邊，正要宣布開始手術，那個偶像竟然搶了我這句重要臺詞。

「我們開始吧。」

我心想，就讓年輕人出個鋒頭，因此也不跟他計較。不過他剛剛只說「我們開始吧」，卻沒有提到「手術」兩個字，顯然是沒有把握將「手術」的發音念得標準，所以刻意避開了。今天我就睜一隻眼閉一隻眼，記得下次在家裡多練習幾遍再來。

在麻醉醫生的指示下，偶像與助手一同切開了病患的腹部。當然實際的開刀畫面等等才會拍攝，此時重要的是眾人臉上的表情。額頭上流下的汗滴，是全神貫注的最佳證據。

我相信依照劇情設定，等等兩名年輕醫生應該會遇上難題，陷入不知如何是好的窘境，只好向我這個教授醫生求救。沒錯，一定是這樣。既然是這樣的劇情，我就在兩人的背後靜靜觀望，直到兩人向我懇求吧。攝影鏡頭隨時有可能轉到我臉上來，因此每一刻都大意不得。

我試著觀察病患的狀況。此時老婦人臉上的人工呼吸器已經取下，我以溫柔的眼神俯視著她的臉。在設定上明明已經打了全身麻醉，她卻不時露出痛苦的表情。在她那渾沌的意識之中，不曉得正在作什麼夢？

沒想到就在下一秒，老婦人竟然緩緩睜開了雙眼。她的眼睛愈睜愈大，而且非常明確地朝我望來。

「阿爸！」

我幾乎不敢相信自己的耳朵。即便她說的是方言，我還是可以聽出她把我當成了父親。或許她正徘徊在鬼門關外，所以把我當成了她的父親。如果否認的話，一定會傷她的心。

「什麼事？」我一邊說，一邊走上前。當我伸出手時，我才驚覺自己身上的戲服並非手術服，而是農民的耕稼服。我不是教授，甚至不是醫生。我到底站在這裡做什麼？

就在這個時候，我身上的鋼絲將我吊到了天花板的位置。就在這一刻，我確信自己演的不是活人。

「阿爸！」

接下來的場面，可說是一氣呵成。在工作人員的引導下，我迅速移動，來到了手術室布景旁邊的廣大花園裡。工作人員交給我一把鋤頭，叫我站著別動。

剛剛那個演病患的老婦人，則是移動到了一艘船上。那艘船朝著我緩緩靠近。

「阿爸！」

三途川的河水正源源不絕地流動著。

「妳怎麼來了？快回去！」

我的嘴裡突然冒出了這句話。這似乎是正確的臺詞。工作人員扶著老婦人下了船，回到剛剛的手術室布景裡。

「卡！」

我聽助理導演喊了一聲「大家辛苦了」，於是放下了鋤頭。我整個人有些傻住了，只是愣愣地看著那些排列成花園背景的美麗花朵。「喜歡的話，可以帶一些回去，已經用不到了。」一名女性工作人員淡淡地告訴我。

於是我就這麼穿著耕稼服，蹲下來摘起了嬌豔欲滴的鮮花。

復仇〔第八話〕

片場的化妝室裡，有一面長達十五公尺的細長鏡子。今天的古裝劇演員，一個個都坐在鏡子前。髮型師們忙著將假髮戴在演員的頭上，梳理出髮髻。水戶黃門、遠山金四郎、大石內藏助……不論任何作品或時代的角色，在這裡都看得到。

我也身著上等絲綢的戲服，戴著剃掉了中間部分的假髮，走進戲服室裡。服裝師取出了豪華的戲服，一件件搭在我的身上。光從這身戲服，就可以看出我飾演的是地位相當高的武官。

接著我走向演員會館的演員事務處窗口，領了今天中午的便當，付了八百四十圓。討論貴或便宜沒有任何意義，畢竟我沒有辦法穿著這身戲服走進星巴克，除了吃他們的便當之外，我沒有其他選擇。我在樓梯下方的倉庫裡拿了一張折疊椅，帶著我的便當，走向外景巴士。

車內全是男人，而且全都裝扮成了武士模樣，沒有一個是町人打扮。可想而知，接下來要排的一定是打仗的場景，整個車內彌漫著一股緊張的氣氛。

我將便當放在車內的置物架上。由於便當得在車內放到午餐時間，所以放置的地點一定要謹慎挑選，絕對不能隨便擺放。現在是冬天，還沒什麼關係，如果是夏天的話，放置的地點不對可能會導致便當腐壞。我曾經遇過飯粒夾起來會牽絲的狀況，那只能以欲哭無淚來形容。

載滿了演員的巴士緩緩駛出片場，在十字路口左轉。到底要開到哪裡去，其實我也不知道。不過我已經漸漸熟悉了京都的街道，因此看得出來這輛巴士載滿了頂著武士頭的演員，正朝著京都的鬧區前進。

前方的座位不斷傳來兩個武士的閒談聲。他們說直到昨天為止已經拍了三天的奔跑鏡頭，跑得腿都痠了。他們說從姬路城到京都實在有夠遠，飾演羽柴秀吉的演員雖然請大家喝了運動飲料，但那種東西連心意都稱不上。總而言之，他們不斷以京都腔發著牢騷。

我從那兩人的閒談，推測出這次要拍的應該是秀吉的「中國[12]大撤退」的故事吧。羽柴秀吉[13]為了替君主織田信長報仇，跟原本交戰中的毛利家迅速議和，在十天之內從中國地區移師至京都近郊，這是秀吉在歷史上最有名的戰略行動之一。雖說這些串場演員並不見得每天拍的都是相同的作品，但至少可以肯定接下來要拍的肯定是戰國時代的故事。

巴士通過了二條城，沿著御池通繼續往鴨川的方向前進。烏丸一帶相當熱鬧，應該不可能是在這附近拍攝。沒想到巴士開到了十字路口卻緩緩右轉，不久之後停了下來。本能寺就在我們的左手邊。

現在我終於可以肯定了。主題是本能寺之變[14]。

巴士在這裡停留了一會兒，不久後卻又繼續往前開。司機說拍攝的地點不在這裡，不過是在這附近沒錯。好吧，那也沒什麼關係。我沒有意見。我對著那曾經是決戰舞臺的寺院行了一禮。

既然知道了今天要拍的是本能寺之變，我開始思考另外一個問題。我演的是誰？可能的選項只有兩個。

要嘛是織田信長，要嘛是明智光秀。

絕對不會是蘭丸。不管我演的是信長還是光秀，我都欣然接受。這兩個角色都很適合由我來演。從戲服來看，我演的絕對不會是小兵。

12 此處的中國並非指中國大陸，而是日本本州最西側的山陰、山陽地區。
13 即豐臣秀吉。
14 發生於一五八二年的歷史事件。明智光秀叛變，殺害君主織田信長，徹底改變了日本歷史。

下了巴士之後，旁邊就有一輛美術道具的大卡車。每一名演員都在這裡領取自己的小道具，我也排在後頭，沒想到輪到我的時候，美術人員什麼也沒給我，叫我直接進拍攝現場。如果我演的是發動奇襲的明智光秀，他們一定會給我穿上盔甲及各種武器。看來我的角色已經確定了，我演的是織田信長。

從古至今，信長登場的作品不計其數，不知有多少名演員飾演過這個角色。雖然從最後一幕開始拍的作法讓我有些不解，但我還是感覺到情緒激盪，全身因亢奮而顫抖，忍不住想要念出信長的辭世之句。

各種作品所描寫的本能寺之變一一浮現在我的心頭。這部作品裡的信長，會以什麼樣的方式結束一生？跳完了能樂之後慷慨赴死？拿著長槍戰鬥直到最後一刻？還是在火中靜靜地切腹自殺？不論是哪一種死法，重點都在於導演的詮釋方式。在助理導演的催促之下，我走進了本堂寢所。

過了一會兒，打板聲響起，正式開始拍攝。整個屋舍的周圍登時喊聲震天，到處都是警告敵襲的呼喚聲。敵人已在屋舍裡放起了火。我踢開棉被跳了起來，此時森蘭丸衝進房內，稟告了有敵人來襲的消息。我維持著沉著冷靜，以有所覺悟的表情說道：

「是光秀嗎？」

蘭丸愣了一下，遲疑了一秒後對我說：「總之請快逃走吧。」我已經做好了跳能樂的準備，但這部作品似乎並不這樣演。蘭丸拉著我的手奔出了屋外，我心想此時蘭丸應該會交給我一把長槍，於是我閉上雙眼，輕輕伸出了手。沒想到蘭丸遞上來的竟然是一套女性的和服。我心裡暗想，這導演真是古怪。不過穿女裝跳能樂似乎也是不錯的選擇。

我一換完女裝，蘭丸又拉著我的手往前奔跑。接著他竟然叫我躲進一間小倉庫裡頭。我心想這未免背離史實太遠了，於是說道：

「蘭丸，不可戲吾。」

蘭丸一臉狐疑地瞪了我一眼，接著便想要將我推進小倉庫裡。我拚死抵抗，此時蘭丸的身邊竟然出現了幫手。定眼一看，是沒穿戲服的助理導演。「請快點進去吧！其他角色馬上就要登場了！」我心裡覺得莫名其妙，卻也只能照做，鑽進了那間積滿了木炭及灰塵的狹窄倉庫裡。因為剛剛鬧了一陣的關係，我的臉上都是汗水，此時炭粉、塵埃沾在我的臉上，登時讓我變成了一張大花臉。而且我頭上的髮髻也亂七八糟，天底下哪有這樣的信長？與其讓其他角色登場，不如先讓化妝師登場一下。而且這戲服是怎麼回事？這個時代怎麼可能會有像這種鮮豔粉紅色的服裝？服裝師呢？服裝師何在？

此時倉庫門忽然被人打開了。今天早上在化妝室見過的那個打扮成了大石內藏助[15]的S演員對著我大喊：

「吉良！受死吧！」[16]

15 大石內藏助是《忠臣藏》中的主角，他為了替君主淺野長矩報仇，斬殺了吉良義央。

16 在戲劇上織田信長是帥氣的一代梟雄，臨死之際還會先跳舞一番才慷慨就死。相較之下吉良卻是《忠臣藏》中的反派角色，形象是貪婪又怕死，最後是躲進煤炭倉庫裡，被人拉出來斬首，與帥氣的織田信長可說是有著天壤之別。

日薪〔第九話〕

我依著地圖上的指示，出了車站後一路往北走。從我家到今天的拍攝地點，單程就要兩個小時。拍攝行程只有一天的話還好，連續好幾天的話就吃不消了。越過了國道之後，住宅也變得稀稀落落。放眼望去盡是空地與農田。一片恬靜景色，連便利商店都沒有。我心裡有點後悔，早知道應該先在車站前買點東西才對，但現在回頭的話肯定來不及。幸好我發現了自動販賣機，趕緊買了茶跟咖啡，放進公事包裡。

又走了一會兒，終於抵達了地圖上所標示的地點。那裡看起來像是一處大型的施工現場，吊車正持續將各種器材搬進搬出。我心想，看來今天是會使用到特殊機械的大陣仗攝影活動，一定要謹慎小心，以不受傷為首要目標。

我環顧左右，想要找看看有沒有外景巴士或攝影工作人員，但完全沒看到類似的人物或車輛。地圖上寫了演員事務處女職員的手機號碼，我打了但打不通。我沿著周圍繞了一圈，最後走回貌似入口的地方。我在那裡站著等了一會兒，忽然看見幾個不知道是照明組還是美術組的工作人員，正把天線儀器從卡車上搬運下來。我向他們打招呼，他們也向我打招呼。於是我心想，應該是這裡沒錯了。何況上頭也寫著「大林組」三個大字，可見得這裡一定就是拍攝現場，絕對不會錯的。

不知道從多久以前開始，電影的攝影團隊習慣使用導演的姓氏，最後再加上「組」字。例如在攝影棚的入口處，會寫著「黑澤組」或「北野組」。當然這不是什麼黑道組織，但說穿了以導演為頂點的攝影體制其實跟黑道的制度也有幾分相似。

原來今天是「大林組」。回想起來，我過去也曾經幫大林宣彥導演拍過一次電影。大林導演為人隨和、溫柔，但他的作品風格卻是大膽而粗獷。當初在北海道拍外景的時候，簡直就像是參加夏令營一樣，充滿了快樂的回憶。等等，但我記得大林宣彥導演前陣子不是過世了嗎？這麼說來，應該是另外一位姓大林的導演？我真是丟臉，竟然誤會了。幸好現在就發現，才沒有出糗。

一走進現場，便看見一名警衛。對方叫我戴安全帽，我說我沒有，對方從警衛值勤室拿了一頂借我。我怕戴得太深的話，會在頭髮及臉上留下痕跡，所以只是輕輕放在頭上，戴得歪歪斜斜，結果被那警衛狠狠念了一頓。

現場沒看到演員休息室或化妝室，但是到處都有著打扮成了工人模樣的臨時演員。由於他們打扮得太像，我完全搞不清楚誰才是真正的工作人員。

此時我看見有個人正在大聲吆喝，向臨時演員們下達指令。我見那人的安全帽上畫著三條線，身上穿著作業服，心想這個人應該是助導長之類的人物，於是上前打了招呼。對方告訴我集合的時間到了，快到旁邊排隊去。

我轉頭一看，只見旁邊的空地上聚集了不少工作人員及臨時演員。於是我趕緊將手上的東西放在角落，排進了隊伍之中。我左顧右盼，想要找找看有沒有我認識的演員，但他們裝扮得太像了，每個看起來都像勞工一樣，我一個也認不出來。

不一會兒，他們竟然慢條斯理地做起了收音機體操。過去我從來沒有遇過像這樣會在攝影之前一起做熱身操的攝影團隊。但他們每個人都露出一副理所當然的表情，互相拉開距離，開始運動起了四肢。照理來說，國小畢業之後應該就沒有什麼機會做收音機體操了，沒想到他們竟然都還記得。幸好前面一個身穿燈籠褲的矮小老伯可以讓我模仿，我跟著他們一口氣做到了最後面的「深呼吸」。

接著助理導演走到臺上，拿著手提麥克風開始說明今天的攝影行程。但他說得太快，再加上擴音器效果不佳，根本聽不清楚。何況像這種工作人員的會議，照理來說演員根本沒有必要參加。我心裡不禁有些焦急，如果不趕快化妝的話，可能無法消除掉臉上的安全帽痕跡。

從頭到尾都聽不清楚的說明終於結束了，工作人員及臨時演員各自解散。我心想得先跟導演打聲招呼，於是向那名助理導演問道：

「請問大林導演在哪裡？」

那名助理導演愣愣地看著我的臉，似乎有些傻住了，半晌之後才說道：「我就是監工[17]。」但我看那人的胸口名牌上寫著「谷崎」，於是我問道：「這麼說來，這裡是谷崎組，不是大林組？」對方露出一臉錯愕的表情，說道：「我是大林組的現場監工，我姓谷崎。」我心想這傢伙好像有一點搞不清楚狀況。我拍了這麼久的戲，從來沒聽過有什麼現場監工。於是我也不跟他多談，直接問他：「請問我該在哪裡做準備？」他沒有說話，只用下巴比了個方向。

那個人所指示的地點，既沒有化妝室，也沒有戲服室，只有一整排的置物櫃。我當場傻住了，不知該如何是好。

此時一個看起來年紀和我差不多但長得虎背熊腰的工人問我：「你是只做今天一天的人嗎？」我心想沒錯，他們跟我說這次的外景只拍一天而已，於是我回答：「是啊。」那人聽了之後對我說：「你不用換衣服了，直接跟我來吧。」我沒有其他選擇，只好穿著自己的便服，戴著安全帽，跟在那人的背後。

看來這位大林導演好像特別注重臨場感及拍攝現場的氣氛，因此採用的是類似拍攝紀錄片的攝影手法。走在我前面的那個人明明是演員，但看起來跟真

17 拍電影的「導演」與工地現場的「監工」在日文中都是「監督」，所以有此誤會。

正的工人毫無不同。既然明白了他們的作風，我心裡也有個底。不換衣服也不化妝，一切維持最自然的狀態，他叫我做什麼就做什麼。不論鏡頭從哪裡拍攝，我都有自信不露出破綻。

那名虎背熊腰的演員，飾演的是石板工人，負責將石板黏貼在大樓的外牆上。我看得出來他為了拍這場戲，接受過非常專業的訓練，表現出來的技術可圈可點。接下來整整一天的時間，我一直扮演他的助手，有時幫他按住石板，有時幫他攪拌水泥，休息時間還幫他買飲料。我一直提醒自己要維持最自然的表現，絕對不要去想攝影機在哪裡。到了午餐時間，我也跟他一起吃飯，與他閒話家常。我從來沒見過這名演員，但他的演技非常自然，絕對不是泛泛之輩。我不禁為自己感到羞恥，竟然不認識這麼厲害的人物。

到了五點整的時候，不知何處傳來一陣鈴聲，所有人都停下了動作。雖然沒有打板，但我猜想攝影應該結束了。於是我與那人握了個手，互相說了一句：「辛苦了。」此時他慢條斯理地拿出一個茶褐色的信封袋。

「裡頭有張紙，幫我簽個名吧。」

他的口吻雖然不算客氣，但表情看得出來有些靦腆。我身為演員，簽個名當然不成問題。

我打開信封袋一看，裡頭有一張一萬圓紙鈔，以及一張收據。

獨居房〔最終話〕

三個方向都是白色的牆壁，沒有窗戶。大約三坪大的房間裡，馬桶直接裸露在外，完全沒有隔板。光從這一點，就可以知道這不是一般地方。剩下的一個方向，牆上裝設著鐵欄杆。這無疑是監牢內的房間。房內只有我一個人，看不見其他人影，可見得這是一間獨居房。我身上穿著深灰色的工作服，胸口縫著一塊布，上頭寫著 E2045。鐵欄杆的外側是走廊，附近似乎沒有其他房間。

這次我飾演的應該是一名囚犯吧。

這裡是拘留室、看守所，還是監獄？

如果是剛遭到逮捕的話，應該會被關在警署的拘留室內。但是拘留室沒有獨居房。如果是遭到起訴但案件還在審理當中，則是會被關進看守所。之後刑期確定了，則會被關進監獄。看守所跟監獄都有雜居房及獨居房，因此我無法判斷我所飾演的角色被關在這裡的理由。

「喂！有沒有人啊？」

接著我開始思考我的罪狀。是輕罪，還是謀殺？是妨礙性自主，還是搶劫便利商店？犯下的罪狀不同，詮釋的方式當然也大異其趣。有沒有可能是冤獄？有沒有可能是蒙上了不白之冤的無辜民眾？有沒有可能是被當成了政治犯的天才科學家？

「誰都好！回答我一聲吧！」

還有刑期也讓人在意。是馬上就可以出獄？還是無期徒刑？抑或是死刑？

是徒刑，還是禁錮[18]？

算了，只要稍微等一會兒，應該就會有守衛走過來，故事會開始往下發展。由於陽光透不進來，難以感受到時間的流逝，但算起來放飯的時間應該快到了。我左右張望，並沒有看到類似供餐口的孔洞，不曉得守衛要從哪裡遞飯進來？

就在這時，我發現牆壁上有兩根貌似吸管的奇妙東西。輕輕一摸，竟從其中一根流出水來。看起來似乎是只要使用這根吸管，就可以吸到水。另外一根吸管，則是流出了類似流質食物的液體。這該不會就是我的餐點吧？我的大腦強烈拒絕著這個東西。

「沒有正常一點的飯嗎？」

還是沒有看到守衛或打飯人員。

顯然這是一間帶著科幻風格但極度不人性的監牢。這部作品接下來會如何發展？我不禁在心中開始想像接下來的橋段。

說起監獄，當然少不了隔著玻璃說話的會面橋段。提出會面申請的人，有可能是我的家人或律師，當然也有可能是支持者，甚至可能是新聞記者。「能不能請你告訴我真相？」記者可能會這麼對我說。「我是冤枉的，我這裡有一些文件，能夠證明政府私底下幹的勾當。」我可能會這麼回答。我趁著守衛不注意的時候，把一枚微晶片交給了記者。於是我跟記者建立起了互相信賴的友誼……當然以上這些都是我的想像。

「喂！有沒有人啊？」

18 在日本，徒刑與禁錮的最大差別在於是否需服勞役。臺灣僅有徒刑，並沒有類似日本禁錮的刑罰。

守衛還是沒有出現。

當然我也有可能是個死刑犯，每天恐懼著遭處決的日子到來。可能會有一道腳步聲緩緩靠近，停在房門口。守衛可能會打開門鎖，以平淡的口氣叫我出去。旁邊可能會站著一個身穿牧師服飾的教誨師。我抱持著覺悟，凝視著那些人，想要站起來，兩條腿卻不住打顫。

可能會有兩名守衛攙扶著我，緩緩走在一條長長的走廊上。其中一人可能會問我有沒有什麼心願未了，我可能會回答「我想成為貝殼」[19]……真是老掉牙的劇情。

「喂——！喂——！」

還是沒看見半個守衛。

又例如說，我可能是有「逃獄王」之稱的囚犯，曾經逃脫過無數次，獄方為了保住面子，建了這間號稱絕對無法逃脫的獨居房，將我關在裡頭。但我還是不肯放棄。我將來自吸管的流質食物吞下肚後又嘔吐出來，連續重複好幾次，使嘔吐物帶有強酸。我將嘔吐物塗在鐵欄杆上，數年之後，拉開腐朽的鐵欄杆，實現了人生第八次的逃獄……又不是在演《惡魔島》。

「喂——！喂——！喂——！」

這裡真的有守衛嗎？

我厭倦了想像我的角色。我甚至懷疑自己並不是在拍戲。沒有半個人出現，不知道已經過幾天了。當然以獨角戲來詮釋孤獨很重要，但也要有人與人

19 這邊影射的是日本編劇橋本忍所寫的劇本《我想成為貝殼》。本劇根據史實改編，自一九五八年起，多次被翻拍成電視劇及電影。

的互動，才能襯托出真正的孤獨。

鼕鼕鼕鼕！我試著敲打牆壁。

如今我置身在什麼樣的狀況下？時間不斷流逝，沒有出現跟我演對手戲的人，沒有變換場景，沒有觀眾，沒有攝影機。什麼也沒有。不是空空如也，而是什麼都沒有。沒辦法醞釀出任何東西。

「有人聽得見我說話嗎？喂——！」

什麼聲音也聽不見。

為什麼我要演那麼多戲？為了我自己嗎？不，這應該不是理由。為了他人嗎？不，我沒那麼偉大。被別人牽著鼻子走？不，我不應該把責任轉嫁到他人身上。為了錢嗎？這個問題很難回答。

我敲著牆壁，不斷敲著牆壁。

我的手流出了鮮血。

《等待果陀》（*En attendant Godot*）？

就算是那部作品，也有弗拉季米爾（Vladimir）及愛斯特拉岡（Estragon）兩個人演對手戲。

什麼聲音也沒有。

我漸漸沒有辦法忍受孤獨。

什麼聲音也沒有。

如果我擁有停止思考的機能，或許還有辦法忍受，但就算是在什麼都沒有的狀態下，大腦還是會持續運轉，不會停止思考。這不是有辦法以言語詮釋的理論，而是接近詛咒的妄言。這完全沒有詮釋的價值。我真是一個愚者。

「快來個人吧！把我送上絞刑臺！」

喀、喀、喀、喀。

我聽見了腳步聲。

喀、喀、喀、喀。腳步聲愈來愈近了。

拜託別停下來，讓我看看你的臉。

喀、喀。那是男人的腳步聲。喀、喀。而且是個高大的男人。

喀、喀。我靠著進入鼓膜的聲音，蒐集各種資訊。

喀、喀。一道巨大的影子出現在我的視野之中。

喀、喀。那影子停了下來。

我將全部的精神集中在五感上，不放過男人的一絲聲息。

過了好一會兒……我聽見了打板聲。

紅燒鯖魚〔終曲〕

我從京都車站搭乘地下鐵，在第三站烏丸御池下車。一走上二號出口的階梯，首先看見的是耀眼的春日。在第一個路口右轉，然後在押小路通左轉，再走一小段路，便可以看見那間店。時間已經一點多了，我只能暗自期盼午餐時間還沒有結束。所幸門上還掛著門簾，似乎是讓我趕上了。在店員的帶領下，我在吧檯座位坐了下來。有今日套餐及紅燒鯖魚套餐可以點，我毫不猶豫地點了紅燒鯖魚。接著我啜了一口熱焙茶，吁了一口氣。

這間店原本在四條大宮，是一間只有五個吧檯座位的小店，招牌上只寫著「鯖煮一嬉」四個字，裡頭只有一個伯母撐起了一整家店。我從門口經過好幾次，漸漸受到吸引，有一次鼓起勇氣踏進店內，從此就愛上了這裡的紅燒鯖魚。

這裡的酒只提供罐裝啤酒，因此沒有辦法久坐，但是和伯母閒話家常，讓陌生的京都生活多了一絲暖意。

我一邊以筷子夾著深褐色的鯖魚，一邊茫然地思考著。

在獨居房外出現的那個男人到底是誰？
最後聽見的打板聲又是什麼意思？

這件事不斷在我的腦海裡轉來轉去，最後我竟從品川車站搭上了新幹線。

場記板是拍攝電影或電視劇所不可或缺的道具之一，但可能有很多人不知道那是做什麼用的。打板通常是由階級排在第四、五位（大概就是比新人高一點的程度）的助理導演負責，上頭的黑板部分會以粉筆寫下一些資訊，例如這是第幾個場景、第幾個鏡頭、第幾次拍攝等等。每個鏡頭的開頭跟結尾都必須在鏡頭前打板，除了畫面上會出現打板的動作之外，錄音帶（當然現在已經不用錄音帶了）也會錄下打板的聲音。如果不像這樣記錄下每個鏡頭的開始跟結束，在編輯的時候會非常麻煩。

最重要的一點，是鏡頭結束時的打板必須快速連打兩次。

這個快速二連打需要高度的技巧，剛當上助理導演的新人都必須把場記板帶回家練習。在以前的時代，打板打得不好還會挨揍，每個新人都是戰戰兢兢。

這麼說來，當時出現的那個男人是助理導演？那打板聲是一次，還是兩次？

那是宣告開始，還是宣告結束？

因為找不到這個問題的答案，我大老遠來到了京都。但是到底來京都做什麼，如今我也搞不太清楚。似乎只有眼前的紅燒鯖魚是現實，其他的一切都是幻覺。或許只是遭到處刑的靈魂離開了肉體，來到這裡吃紅燒鯖魚。

如今我只能選擇不停地咀嚼。唯有味覺，能夠為我的大腦帶來真實感。

咀嚼、感受滋味、嚥下。以筷子再夾一口，放進嘴裡。

咀嚼、感受滋味、咀嚼。放下筷子，啜一口茶。

「那應該是一次吧？」我聽見了說話聲。

「那時候只響了一次而已。」

轉頭一看，當時公車裡的那個老人，也在我的身邊吃著套餐。

我一時瞠目結舌，說不出話來。老人接著又說道：

「你還記得我嗎？很久以前，我曾經在公車裡向你搭話。真是好久不見了，你最近相當活躍呢……」

那老人依然讓人分辨不出到底是老爺爺還是老奶奶。但我看他精神矍鑠，也感到欣慰。

「小哥，我們這麼久沒見了，我突然問你這個，或許你會覺得很奇怪……但那應該是一次吧？」

我不知道老人指的是什麼，只是靜靜地聽著。

「最後登場的那個助理導演，他打板的聲音應該是一次吧？」

「呃……」我不知道該怎麼回答，只能隨便應了一聲。

「那已經是幾年前的事了？自從在公車上遇到你，我回去之後就查了你的名字。從那天之後，我就經常找你拍的電視劇及電影來看。你拍過的作品太多，要全部找出來還真不容易。上次半夜裡播出的那齣《獨居房》實在很有意思，讓我捏把冷汗呢。明明是電視劇，卻讓觀眾選擇結局的作法也很新穎。那時我也按了遙控器上的紅色按鍵，因為我不想讓劇情就這樣結束，所以我只按了一次[20]。接下來劇情應該會從那裡開始吧？」

過去我就曾聽說過有所謂互動式的電視劇，但沒想到我演的那一部也是。難怪老人會說打板只響了一次。

如果真如老人所說的，這表示那部電視劇還沒有結束，一定會拍續集。這也意味著我到現在依然做著演員的工作，這次來到京都也是為了拍片。我翻開放在腳邊的公事包，果然從裡頭發現了兩本劇本。

「你等等也要去拍戲，對吧？這個時期的京都很美，有空記得再到我們寺院裡走走……啊，對了。」

老人在身上掏摸了一會兒，似乎什麼也沒找到，最後拿起眼前裝筷子的紙

20 日本的電視節目，觀眾能夠藉由按遙控器上的按鍵，與節目產生互動（例如投票、回答問題、玩遊戲等等）。臺灣的電視節目還沒有類似的系統。

袋，另外再向店員借了一支原子筆，一邊朝我遞來，一邊說道：

「幫我簽個名，做個紀念吧。」

「那有什麼問題。」

雖然那紙袋沾上了一點醬油，而且有不少皺褶，我還是將它壓平，擺成了垂直的角度，準備在上頭簽名。

「請問你的名字要怎麼寫？」我問道。

老人說道：

「ミロク[21]。啊，寫片假名就行了。」

21 「ミロク」即「彌勒」的片假名表記法。

演者戲言

插畫：阿部美知子

對供詞的影響大到足以改變劇情設定的食物

我幹了這麼多年的演員，一年到頭公事包裡總是放著劇本，角色不是刑警就是黑道流氓。為了避免觀眾看得厭煩，有時會穿插一點醫生或律師。類似的角色一再重複，就算我不討厭，多少總是會膩。

但若問我是不是想要演戀愛或英雄角色，其實倒也不是那麼回事。畢竟我的年紀也老大不小了。更悲哀的是當我還在適合演那些角色的年紀時，我完全接不到演戲的工作，所以到現在還是不知道那些角色怎麼演。

在我所有擅長飾演的角色之中，我最常演的是刑警。一年約有一半的時間，我的戲服口袋裡會有一本警察手冊。

但是在一般的日常生活中，我很少有機會能夠見到現役的刑警。雖然有時候攝影團隊會邀請退休的刑警來到現場進行指導，但幾乎沒有機會見到現役的刑警。真希望他們邀我一起去喝個酒，我有好多問題想要問他們。可惜他們基於保密義務，應該有很多事不能說，而且刑警的口風應該很緊，我也不希望因為太過亂來而遭到逮捕。

刑警也分很多種。好的刑警、壞的刑警、熱血刑警、老練刑警、溫情派刑警、智慧派刑警、行動派刑警、被打入冷宮的刑警、比流氓更流氓的暴力刑警、只負責在搜查會議上進行報告的刑警、一登場就死的刑警、跟故事沒有太大關係的刑警。以上這些，我全部都演過。我還記得從前有過名為《刑警祭》的短篇刑警電影集，回想起來真是令人懷念。

來說說本文的重點吧。雖然在一般人的觀念裡，嫌犯進了偵訊室都會吃「豬排飯」，但在我三十多年的刑警拍片生涯中，我從來不曾給嫌犯吃過豬排飯。

我不僅不曾在偵訊室裡給人吃過，自己也不曾在偵訊室裡吃過。據說現在的刑警禁止做這種事。因為這被視為「提供利益」的行為。

經過了漫長的偵訊之後，刑警看時機成熟，慢條斯理地拿出了一個大碗公。掀開蓋子，熱氣中可看見半熟的雞蛋、優雅地裹著麵皮的豬排、為周圍增添色彩的黃褐色洋蔥，頂端還放上一些高雅的豌豆，這樣一碗「豬排飯」看起來是如此神聖。

想像一下將豬排放入嘴裡的情境。首先挑逗著感官的是豬排的油脂。醬汁一定要微甜才行。口感溫和的醬油。吸飽了大量肉汁的麵皮。肉肉肉，飯飯飯。用力扒進嘴裡。咀嚼咀嚼咀嚼。

「導演，我吃了這個可能會招供，所以還是別吃得好。要不然就是讓我吃，但是將劇情設定改變成招供，如何？」

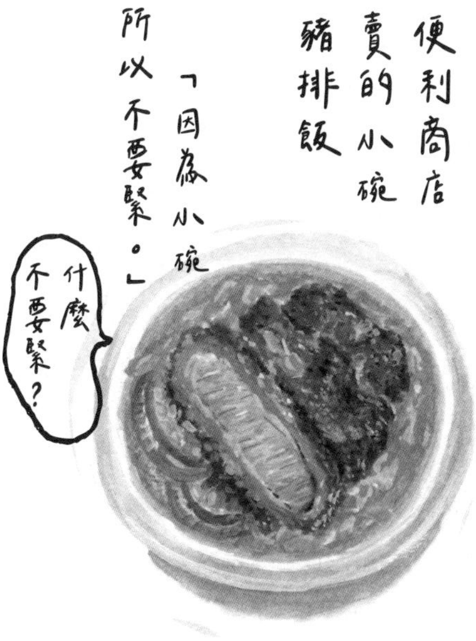
便利商店
賣的小碗
豬排飯
「因為小碗
所以不要緊。」
什麼
不要緊？

吃了一堆大蒜的隔天拍臨終鏡頭，不曉得一同入鏡的那些人做何感想？

到目前為止，我殺過幾個人？死過多少次？

一個角色在同一部作品裡殺超過兩個人是很有可能的事，但不可能在同一部作品裡死兩次（除非是喪屍）。所以我殺人的次數一定比我死的次數多，呵呵。

不管是電影、電視劇還是舞臺劇，題材涉及「死亡」的作品可說是非常多。仔細想想，這也是理所當然的事。

在一般的情況下，不論拍攝任何作品或演任何舞臺劇，在拍攝或練習之前，一定會找來專業人士（醫生、律師等）來進行演技指導。

但不管是殺人的人，還是被殺的人，都不存在所謂的專業人士。不，這麼說也不對，實際上當然有專業人士，例如殺手或是有過瀕死經驗的人。但是像這樣的人，絕對不會到拍攝現場來指導我們，我們唯一能仰賴的只有自己的想像力。

在殺人方面，不管是古裝劇還是現代劇，至少還有一些武打師能夠提供我們一些意見。但是死的方式，絕對不會有人教我們該怎麼做才對。刺死、勒死、毒死、炸死，以及各種不同形式的自殺，我到底該怎麼死才對？

從前拍電影，死法都相當誇張，如今那樣的演技會被認為不夠自然。問題是什麼樣的死法才算是自然，這又是一個讓人頭疼的問題。

說起讓人頭疼的問題，還有另外一點，那就是應該睜著眼睛死，還是閉著眼睛死，這也必須事先向導演確認。

還有，如果死亡的鏡頭非常長，該怎麼呼吸也是一大難題。遇上這種情況，必須先向攝影指導確認自己的腹部會不會進入鏡頭的焦點。在確定不會之後，再設法以戲服來掩飾，並且採用緩慢的腹式呼吸。

絕對不能動，一動就糟蹋了身旁美女的眼淚。

這是我不久前的親身經驗。我為了拍一部以美食為主題的電視劇，被迫吃了大量的大蒜料理。他們警告我，大蒜的味道可能會臭到隔天。

當時我以開玩笑的口吻說了一句：「幸好明天沒有接吻的鏡頭。」但說完之後我才想起來，明天要拍大河劇[22]，而且一大早就有臨終的鏡頭。

一看劇本，我竟然是在三位美女的包圍下斷氣，而且我還有臺詞。即便我想盡了一切辦法，還是沒有辦法消除大蒜的臭味。嗚呼哀哉，我只能屏著呼吸把臺詞說完，然後屏著呼吸演到完全斷氣為止。痛苦到我自己幾乎快流下眼淚。

即使如此，我還是不能移動半分。我一動，就糟蹋了身旁三位美女的眼淚。

22 大河劇指NHK每年都會固定播放的大卡司長篇電視劇，通常是古裝劇。

吃了一堆大蒜的隔天拍臨終鏡頭，不曉得一同入鏡的那些人做何感想？

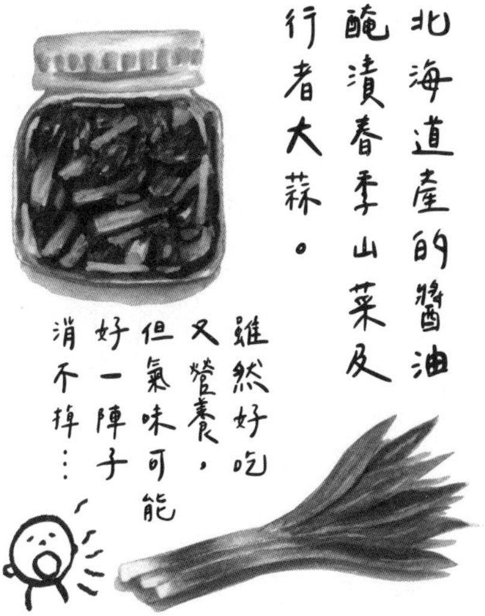
北海道產的醬油
醃漬春季山菜及
行者大蒜。
雖然好吃
又營養，
但氣味可能
好一陣子
消不掉…

好不容易塞進腦袋的起訴狀全被咖哩擠了出去而且超級想睡的下午

我很幸運，活到了這把年紀，還不會被人告過。過去就算再怎麼生氣，也還不會跟人鬧上法院。

但我既然身為演員，無可避免要演一些跟審判有關的電視劇或電影。有時我是律師，有時我是檢察官，有時我是法官，甚至我也演過旁聽者及庭務員。

法庭上的橋段，通常演員不會有太大的肢體動作，完全是靠說話來推展劇情。大部分的作品，都是在最後的十五分鐘左右進入揭開謎底及收尾的橋段……大概是這樣吧。我怕隨便亂說，劇作家老師會生氣。

通常在故事的一開頭，敵方會說出一大串的臺詞，把主角唬得一愣一愣的。以律師為主角的作品，敵方就是檢察官；以檢察官為主角的作品，敵方就是律師。我演的通常就是這些敵方，所以我一天到晚在背一長串的臺詞。

而且這些臺詞往往非常難背。嫌犯姓名、受害者姓名、目擊證人姓名、各種專有名詞、案發現場的地名、凶器名稱、日期及時間之類的數字……

我必須有如行雲流水般說出一大串完全激不起一絲感情的詞句。當然辛苦的不是只有我而已。故事進入後半段，主角們要開始解謎，就輪到他們辛苦了。

很久以前，我曾經參與以法庭為主題的連續劇拍攝，為了增加經驗而到法院旁聽審判。每天早上，法院都會在門口公布當天要進行的審判，以及開庭的法庭。

但我擔心這會惹禍上身，到時候可能會有可怕的人來到我的面前，對我說：「你膽子不小，竟然敢來偷看。」所以我在旁聽的時候，總是避開「謀殺」、「搶劫」等案子，盡可能挑選性質較溫和的「性騷擾」或是「詐欺」之類的案子。

在實際的法庭上，當然沒有任何一個人事先做過發聲練習，所以每個人說起話來都是模糊不清。從朗讀起訴狀到交互詰問，都是好像聽得見又好像聽不見的程度。就連「抗議」的聲音都小到聽不清楚。

因此在拍攝的過程中，實際的法庭旁聽經驗幾乎沒有辦法當作參考。某一天早上，飾演檢察官的我朗讀了一長串的起訴狀，對嫌犯發動攻勢。檢察官的鏡頭在上午拍完了，下午將輪到拍律師的鏡頭。我鬆了一口氣，因為沒吃早餐的關係，我將中餐供應的咖哩吃得乾乾淨淨，還多要了一碗。

在結束了超級想睡的午休時間之後，助理導演卻告訴我：「上午有些部分沒拍到，所以檢察官最初的鏡頭要再拍一次。」

咦？再拍一次？我可沒辦法把咖哩吐出來。

原本腦袋裡的臺詞，全都被咖哩擠出去了，此時的我一個專有名詞都想不起來。

好不容易塞進腦袋的起訴狀全被咖哩擠了出去而且超級想睡的下午

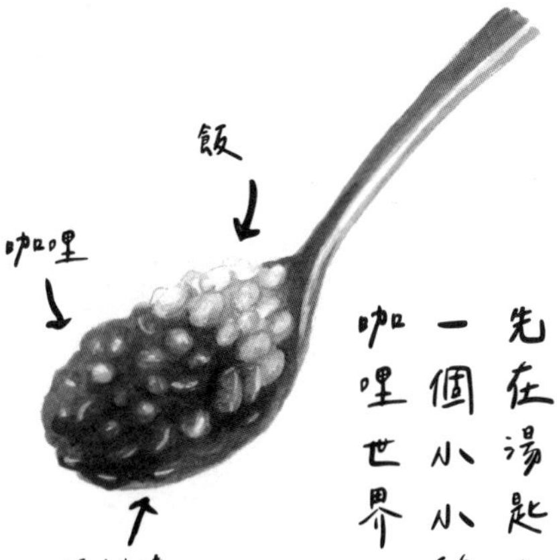

吃咖哩之前，
先在湯匙上創造
一個小小的
咖哩世界。

在異國成為異教徒的那一天，壽司跟浴缸是如此冰冷

那是三十多年前的事了。當時我加入了蜷川幸雄的劇團，而且非常幸運，入團的第二年就參加了海外公演，在倫敦泰晤士河畔的皇家國家劇院演出了《馬克白》及《美狄亞》。

由於那是我第一次出國，心中充滿了期待。我跑到了新宿紀伊國屋書店的旅遊叢書專區，物色合適的旅遊書籍。我打算在公演結束後一個人悄悄溜出來，在英國國內獨自旅行。

我正站在書架前，專心看著英國旅行的旅遊手冊，此時一名年老的婦人忽然向我搭話：

「你要去英國？」

當時我實在太興奮，竟然口無遮攔地說出了我將會在皇家國家劇院演出日語的舞臺劇。那個老婦人跟我說，她那個時候剛好也會在倫敦，問我要不要相約在倫敦見個面，她要請我吃飯。那時候我早已得意忘形，竟然對她說出了自己的姓名。

當然那時候我只是個沒沒無聞的新人，我以為老婦人那些話只是禮貌上的社交辭令。畢竟在紀伊國屋的書架前，什麼事都有可能發生。

沒想到那個老婦人竟然神通廣大地找到了我們在倫敦投宿的飯店，真的出現在我的面前，對我說：「我們去吃壽司吧。」

我雖然吃驚，但我當時心裡正懊惱英國的食物都很難吃，所以開開心心地答應了。

老婦人載著我開了一個小時的車，我心中的期待逐漸轉變為不安。

抵達的那棟建築物，竟然掛著日語的招牌，而且招牌上還包含了「教會」兩字。走進裡頭一看，確實是一間禮拜堂，還有個身材壯碩的神父。

「吃飯前先受洗吧。」老婦人不由分說地命令我脫掉身上的衣物只包著一塊白布，走進眼前的浴缸裡。

這下子完蛋了。我滿腦子全是「後悔」兩個字。但如果沒有讓她送我回飯店的話，我一定趕不及晚上的公演。在這種地方，我如果徒步逃走，絕對無法回到飯店。嗚呼哀哉，在這種情況下被迫改變宗教信仰，相信釋迦佛祖跟祖宗們應該都會原諒我才對。

我一咬牙，踏進了冰冷的浴缸裡。神父叫我喊「哈利路亞」，我小聲地喊了，神父不斷拍我的背，要我喊大聲一點。

「哈利路亞、哈利路亞、哈利路亞、哈利路亞……」

受洗儀式平安結束之後，老婦人將我帶到另外一間房間。那裡確實有「壽司」，不過是「散壽司」，而且還是北島三郎[23]拍過廣告的那一種。

我就這樣變成了某種宗教的信徒，以冷得直打哆嗦的身體吃了全英國最難吃的「壽司」。

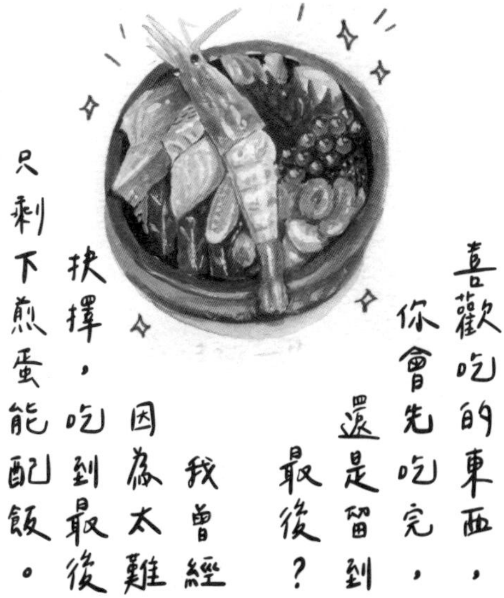
喜歡吃的東西，
你會先吃完，
還是留到
最後？
我曾經
因為太難
抉擇，吃到最後
只剩下煎蛋能配飯。

23 北島三郎是日本的演歌歌手，他曾拍過速食的散壽司調理包廣告。

拿著洋芋片的沉默羔羊，可惜紀念照已經不在了

在我加入劇團的第二年，蜷川幸雄老師就讓我參加倫敦公演，我真的非常感謝他。就連參加歡迎會用的西裝，也是老師送我的一套舊西裝。當時我非常窮，根本買不起。唯一的遺憾是那套西裝對我來說太小了，根本不合身……

那是我第一次出國，當飛機緩緩下降時，倫敦的整座城市在我的眼裡閃爍著金黃色的光輝。我們一下飛機，立刻便前往了Royal National Theatre，也就是「皇家國家劇院」。劇院裡包含了大中小三座劇場，每一天每一座劇場都有不同的表演內容。在中型劇場（Lyttelton Theatre，利特爾頓劇場）裡，我們表演了莎士比亞的作品，全程使用日語，而且演員還穿著日本戰國時代的盔甲。

劇場裡共有三處宛如小屋般的休息區，分散在各處，走到哪裡都會遇上英國的演員。而且餐廳是共用的，實在相當有意思。可惜東西都相當難吃，這點

只能睜一隻眼閉一隻眼。畢竟這裡是英國，唯一有名的料理大概只有「炸魚薯條」。

更令人開心的是到處都有「休息區PUB」，表演完之後可以喝上一杯。「休息區PUB」，多麼振奮人心的字眼。當然日本不會有那種東西。嗯，完全沒有。

公演結束後，我們每天都泡在裡頭。常有看了我們舞臺劇的英國演員找我們搭話。如果從頭到尾都不開口，那就太遜了。一直說「Pardon？Pardon？」也沒辦法解決問題。幸好靠少許的英文單字，配上肢體動作，再以日語喊出莎士比亞的臺詞，通常都能產生一些無形的默契。喝著啤酒與蘇格蘭威士忌，吃著洋芋片，那段日子真是快樂。

某一天，當時在小劇場的舞臺劇擔任主角的英國演員來到了我們這些年輕演員的大休息室裡。我猜對方大概是想要與日本的年輕演員交流一下吧。那個舞臺劇演員自稱「安東尼」，可惜當時的我並不認識他。「安東尼．霍普金斯？那是誰啊？我只知道安東尼．柏金斯[24]。」我還記得當時我說過類似這樣的話。

後來我們一起拍了照，還握了手，我跟他說了一句：「老伯你也要加油。」事後想來真的是非常失禮。畢竟當時我還是個熱愛龐克的年輕人，沒有公演的日子還會到小展演館聽Public Image Ltd的演唱會，只為了目睹約翰・里頓[25]的風采。那時我跟安東尼・霍普金斯的合照，也沒有請人加洗，所以手上並沒有留存，如今想起來實在非常可惜。

安東尼・霍普金斯靠著在電影《沉默的羔羊》中的精湛演技大放異彩，掀起了一陣旋風，那是數年之後的事了。

24 安東尼・霍普金斯（Anthony Hopkins）為英國男演員，在一九九二年以電影《沉默的羔羊》獲得奧斯卡最佳男主角。安東尼・柏金斯（Anthony Perkins）則是美國電影、舞臺劇演員。

25 約翰・里頓（John Lydon）為英國歌手，後龐克樂隊Public Image Ltd的主唱。

拿著洋芋片的沉默羔羊，可惜紀念照已經不在了

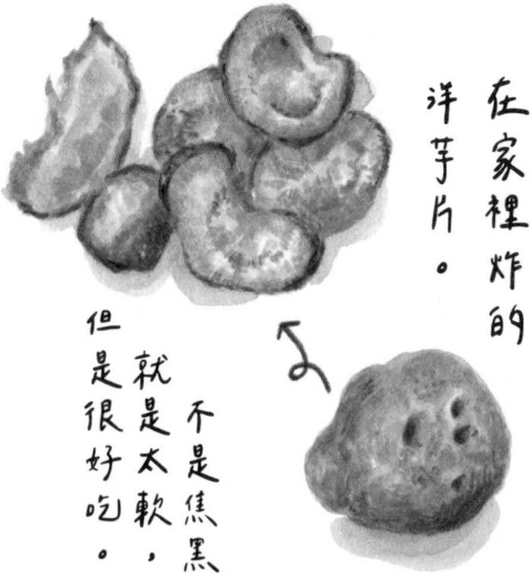

在家裡炸的洋芋片。
不是焦黑
就是太軟，
但是很好吃。

如果有人問我長高的祕訣是什麼，我一律回答牛奶

我想談談昭和時期的學校營養午餐。

即使是我這個年齡層的人，喝過那個惡名昭彰的脫脂奶粉的人也不多。但我上的那所國小，不知為何營養午餐有這玩意。除了難喝到爆之外，還有一股讓人很不舒服的臭味。但如果沒喝完，就會挨級任導師的鐵拳伺候，想想真是太沒道理了。

幸好這玩意兩天才喝一次，所以勉強還能忍受。沒錯，這是最重要的關鍵。每兩天會有一天，能夠喝到真正的牛奶。今天捏著鼻子熬過去，明天就有美味的牛奶可以喝。

上了國中之後，終於不用再喝脫脂奶粉，但因為已經養成了習慣，牛奶在我的眼裡成了相當珍貴的東西。冬天有時班上會有剩餘的牛奶，全都會被我喝掉。如果有人請假，那個人的牛奶也會被我喝掉。我的朋友K也很愛喝牛奶，當時我們常比賽誰喝得多。我們兩人的身高快速抽高，國中畢業時我已經長到一百八十七公分，原本個頭矮小的K也長到了一百八十公分。

靠著牛奶的幫助，我在上大學的時候，身高超過了一百九十公分，要買合身的衣物跟鞋子都變得有些困難。

當學生的時期，身高太高沒什麼大不了，但是成為職業演員之後，身高可就成了大問題。在當時的年代，身高太高對演員來說只有壞處沒有好處。一來會沒有辦法跟演對手戲的人取得高度的平衡，二來所有的戲服都得重新訂製，沒有辦法使用現成的戲服。當時我對外宣稱自己一百八十九公分，故意少報了一點，而且在試穿戲服的時候，我一定會帶上一套自己的西裝。所以若看我年輕時演過的作品，我扮演的都是流氓混混，穿的都是相同顏色及款式的雙排釦西裝。

當然拍古裝劇就沒有辦法這麼做了。當時我飾演的大多是保鑣，身上穿著不合身的袴褲，膝蓋上頭綁得緊緊的，連筆直走路都有困難。

現在的時代跟當時完全不同了。拍片的現場出現了許多身材高大的年輕演員，而且男女都有。試穿戲服的時候，不僅可以找到合身的西服，而且還可以從好幾套戲服中自由挑選。

然而這樣的春天並不長。就在我接近五十歲的某一天，我在拍片的時候，導演剛喊「卡」，演對手戲的演員A突然問了一句：「你怎麼好像縮水了？」演員A的身高跟我差不多，我跟他有好幾次一起拍片的經驗。他告訴我，我的眼睛位置好像變得比以前低。這是只有身高相同的人才會察覺的異樣感。

我心想哪有可能，也不當一回事。但後來我因為腰痛而到骨科就診，為了保險起見而進行了MRI（磁振造影）檢查，醫生告訴我，我有好幾處的椎間板明顯變薄了。離開之前，我量了身高，竟然只有一百八十七公分。雖然還是相當高大，但已從非常高的巨人變成了普通高的巨人。

自從青春期之後，我不希望身高繼續長高，所以不再喝牛奶。但最近我開始會在睡前慢慢地品嘗一杯熱牛奶，心裡暗自祈禱自己不要繼續縮水。

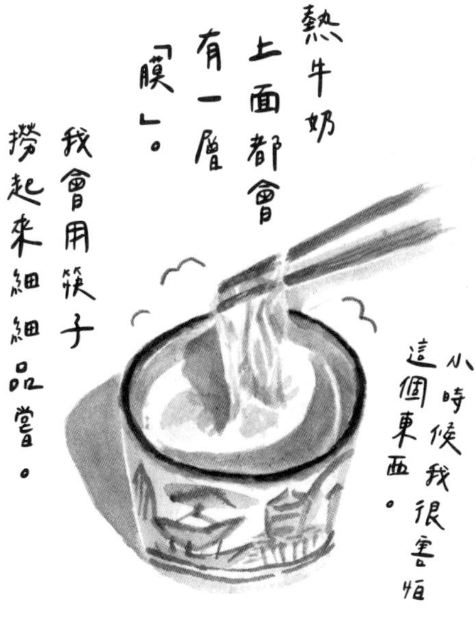

熱牛奶上面都會有一層「膜」。
我會用筷子撈起來細細品嘗。
小時候我很害怕這個東西。

理平頭的國中生在雷鬼與龐克之間搖擺不定

我讀國中的時候，所有的男學生都必須理短於五分的平頭。我就是在那樣的時代裡長大的。一個頭上無毛的國中生，適合穿的服裝除了學校制服之外，就只有「運動服」了。

所以不管是要去看電影，還是坐在Mister Donut休息，ONITSUKA TIGER牌的運動服都是我的正式裝扮。上了高中之後，由於練柔道的關係，我一樣理著平頭，唯一的差別是運動服的品牌變成了adidas。我穿著上下成套的紅色運動服，到中洲[26]看電影，脹紅著臉吸那個難吸到爆的麥當勞奶昔。

每個人都是平頭。因為這個舊時代的陋習，讓我的珍貴青春期穿著打扮只剩下「三條線」[27]。導致我後來留長了頭髮，卻不知道該穿什麼衣服上街。然而我心中對時尚流行的渴望卻是與日俱增。

後來我上了東京的大學，頭髮留長了，這才發現一個驚人的事實，那就是我的頭沒辦法長出筆直的頭髮。

「鬈毛」。多麼可怕的一個字眼。此外還有很多莫名其妙的稱呼。「自然鬈」、「小池（源自於藤子不二雄漫畫中的角色）」、「鳥窩頭」。我只能不斷忍耐。

明明憧憬龐克及搖滾，卻沒辦法讓頭髮尖起來。蒼蠅進了我的頭髮裡會飛不出來，只能在我的頭上不斷嗡嗡叫。當年理著平頭的我，完全沒有想到自己會有這麼一天。

我咬著牙硬把頭髮留長，竟然成了「天然爆炸頭」。編在一起，就成了「天然髒辮」。我曾經被美容院的廣告欺騙，花了三萬圓接受「鬈髮矯正」，但是一

26 位於九州福岡市的繁華鬧區。
27 指身體兩側多設計有三條線的 adidas 運動服。

洗頭，又變回了原本的雷鬼頭。

你心裡是不是想著「有這樣的頭髮也能當演員？」沒錯，你就知道我有多麼辛苦。這一頭像盆栽一樣的頭髮，髮量會隨著那一天的氣候變化而改變，簡直比乾濕球溫度計還準。像這樣的頭髮，化妝師當然沒有辦法處理。所以我在拍片的時候，必定隨身攜帶著三種神器，也就是鬈髮吹風機、鬈髮梳，以及祕密的髮膠。我必須考量拍片現場的環境、接下來的天候狀況、有沒有風、會不會流汗等各種要素，讓我自己的頭維持在那個角色的狀態。因為實在太累了，我頭上的白頭髮不斷增加。回想起來，我竟然能夠克服這樣的困難，當了幾十年的演員，實在是很了不起。

然而最近我才發現一件事。我為了拍某部片而停止把白髮染黑，這才驚覺我的頭髮幾乎已是全白，而且變成了直髮。

雖然有點太遲了，但總不是壞事。雖然年紀大了，但我很樂意從巴布．

馬利[28]搖身一變，成為席德．維瑟斯[29]。穿著三條線的運動服出門，成為一個眾人眼中的不良老人。

28 巴布．馬利（Bob Marley）是一名創作型歌手，被後人視為雷鬼音樂的濫觴。留著一頭鬈髮。

29 席德．維瑟斯（Sid Vicious）是英國搖滾音樂家，著名龐克樂團性手槍的貝斯手兼合唱。

我國中的時候，習慣把有三條線的運動服稱作「烏龍麵運動服」。

以可愛的字體寫下「記憶力不好都是蘘荷[30]的錯」

有人說吃蘘荷會造成記憶力減退。雖然明知道是迷信，但我在舞臺劇的公演期間，或是電影要拍長鏡頭的日子，都會提醒自己不要吃蘘荷。當然蘘荷是無罪的。什麼吃蘘荷會變得容易忘東忘西，記憶力會變差，像這樣遭到污名化的蘘荷實在是很可憐。

在演舞臺劇的時候，想不起臺詞是一件很可怕的事情。這恐怕是演員最具代表性的惡夢，而且會在日常生活中一直持續下去，一直到死都沒有辦法擺脫。今天早上我在起床之前，也作了這樣的惡夢。我忘了臺詞，站在舞臺上不知如何是好。舞臺監督當然是蜷川老師。明明是正式演出，他卻坐在觀眾席上對我破口大罵。過世之後還會在夢裡罵我，真的是相當值得珍惜的恐懼。

我在二十多歲的時候，最希望擁有的兩個能力是「一看臺詞就能牢牢記住的大腦」及「絕對不會變沙啞的聲帶」。

到了我四十多歲的時候，我已明白那是絕對不可能實現的幻想，而且我感覺自己的記憶力正在逐漸衰退。不過我記得曾經在電視上看過，大腦是一種到死都會不斷進化的器官。所以或許只是我自己想太多而已。或許我只是想要把自己的怠惰怪罪給大腦。

短短的兩行臺詞，可能背了一個星期都背不起來。原本以為背得相當完美的臺詞，可能會在正式上場時連續好幾次漏掉一句話。更誇張的是我曾經在舞臺劇的公演第一天，腦袋變得一片空白，不知道接下來該做什麼，讓周圍的劇團夥伴嚇出一身冷汗。每當遇到這種情況，我總是會緊緊握住暗藏在褲子口袋裡的小抄。那是一張絕對不可能拿出來看的小抄。

30 一種食用性植物，學名 *Zingiber mioga*，又名茗荷、日本薑。

曾經有年輕的演員對我這麼說：「原來松重哥也是個會抄臺詞的人。」

在我們年輕的時候，不管想要記住什麼，靠的都是抄寫。我會把臺詞寫在紙上，隨時帶在身上，在心裡默念且不時拿出來確認。用影印的沒有效果，一定要使用我自己喜歡的筆，親手寫在紙上。或許是因為我這個年齡層的人小時候都習慣「抄黑板」，所以在我的心裡，抄寫與記憶是一體兩面的事情。

從前的我不是個用功念書的孩子。但是每到接近期中考或期末考的時候，我都會向朋友借筆記來抄寫。所謂的朋友，其實是班上的女同學。會一板一眼地認真抄下黑板上全部內容的學生，大多是女孩子。當時的女學生，流行寫圓滾滾的字體，也就是所謂的「裝可愛字體」。

抄女生的筆記抄久了，連我自己的字跡也變得圓滾滾。直到今天，我的戲服口袋裡還是會放著一張紙，上頭以圓滾滾的裝可愛字體寫著我要說的臺詞。

我總是握著那一張見不得人的可愛字體小抄，努力背下每一句臺詞。

以可愛的字體寫下「記憶力不好都是蘘荷的錯」

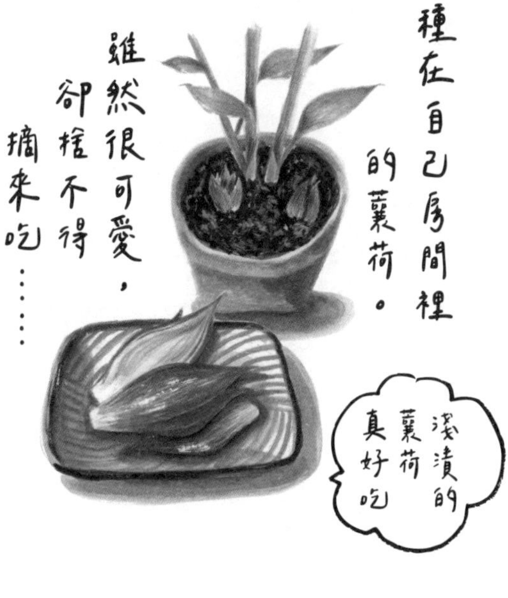

種在自己房間裡的蘘荷。
雖然很可愛，卻捨不得摘來吃……
淺漬的蘘荷真好吃

不管是要吃歐姆蛋，還是要吃火腿蛋鬆餅，都得在蹲了馬桶之後

今天的拍攝地點，是在東京都內某外資高級飯店的房間。打從一大清早，早餐的會場就聚集了不少舉止高雅的房客。

只要是一定等級以上的飯店自助式早餐，一定會有專業的廚師為客人現場製作歐姆蛋。即使是住在外國的飯店裡，我也會用我的破英文點一份專屬於我的特製歐姆蛋，這可說是我一天中最大的樂趣。不過為了避免引起誤會，我必須強調我是在五十歲之後才比較有機會住在高級的飯店裡。

距離集合還有一些時間，我可以在飯店裡好好享用早餐。但是今天我在吃早餐之前，有一件事情非得先做不可。

「那就是在飯店的房間廁所上大號。」

在完成這個壯舉之前，不管是歐姆蛋、火腿蛋鬆餅還是法式吐司，都距離我很遙遠。

這件事情的原由，必須回溯至二十五年前。當時我已年過三十，女兒也出生了，卻還是得偶爾到工地打工才能維持生計。那一天，我同樣騎著機車，前往位於早稻田的某工地現場。聽說那裡預計要興建一棟聽都沒聽過的外資飯店。

當時我的身分是石材店的一日工人，工作是使用單輪推車，將攪拌水泥用的沙子運送至各作業區。除了我之外，還有兩名來自中國的留學生。

首先，沙石車將一整車的沙子倒在A地點（體積為一立方公尺，大約相當於公園玩沙區裡的所有沙子）。

現場監工走了過來，告訴我們沙子不能放在這裡，必須先搬運到B地點。B地點跟A地點的距離約一百公尺。當時沙石車已經開走了，現場又沒有搬運機器，我們三人只能使用鏟子將沙子鏟入單輪推車內，然後推至B地點。

我們花了數個小時，好不容易搬完了，三個人都已汗流浹背。沒想到這時候現場監工走了過來，要我們把沙子再搬回A地點。我費盡唇舌安撫了那兩個留學生，好不容易把沙子搬回A地點，沒想到此時現場監工卻又說還是放在B地點比較好。

這時候兩個留學生都氣呼呼地離開了。這也怪不得他們。這種毫無意義的工作，正是杜斯妥也夫斯基所說的「最殘酷的刑罰」。

我放空一切，什麼也不去想，又把沙子搬回B地點。接著我將鏟子奮力扔向小沙丘，在心裡告訴自己，這輩子我不想再打工了，今天這是最後一次。不僅如此，我還在心中發誓，總有一天我一定要在這棟飯店的豪華客房裡，拉一大坨屎。

我的運氣不錯，從那天之後，我不會再打工。而另外一個心願，也將在今天實現。

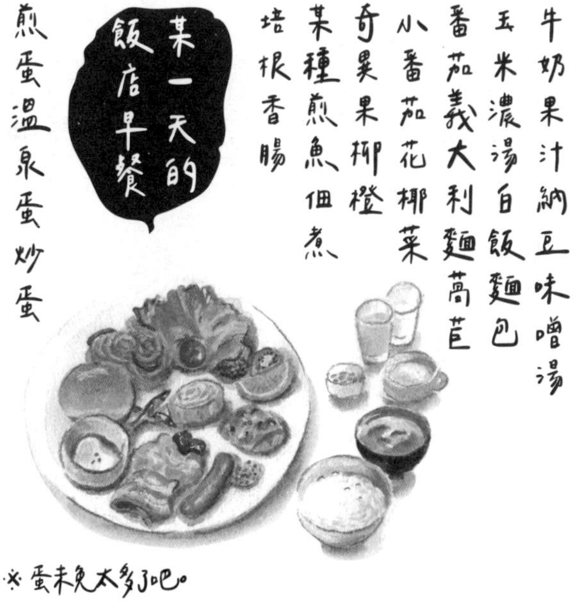
某一天的
飯店早餐
牛奶果汁納豆味噌湯
玉米濃湯白飯麵包
番茄義大利麵萵苣
小番茄花椰菜
奇異果柳橙
某種煎魚佃煮
培根香腸
煎蛋溫泉蛋炒蛋
※蛋未免太多了吧。

坐在神明守護下的美麗茅房裡，心裡想的是今天的晚餐菜色

真是不好意思，又是一個有點髒的話題。

你知道廁所裡也有神明嗎？

當然我指的並不是花子之類的鬼故事傳說。事實上日本自古以來就有著茅廁之神，守護著我們的排泄行為。

茅廁之神的正式名稱叫作「烏樞沙摩明王」，讀做「Ususamamyoo」。如果你有機會在日本的寺廟上廁所，可以左右找找看，或許可以發現祂的聖像。不過祂長得有點猙獰，如果不小心對上眼，下面可能會嚇到縮起來。

就算是裝潢得再漂亮的咖啡廳，如果廁所很髒，也會讓人感到掃興。同樣

的道理，就算把自己家裡的客廳裝飾得再氣派華麗，客人也有可能在看了廁所之後徹底失望。因此我只要一有空閒，就會化身為「打掃廁所的惡鬼」。

有一點讓我特別在意，那就是「對不準」的問題。各位男性朋友，你們在小便的時候，是會站著還是坐著？我一定是坐著小便。考量到打掃者的心情，我認為只要是有加溫便座的馬桶，就算是男人也應該要坐著小便。

但是直到去年都還跟我住在一起的兒子，卻是個從小就堅持要站著小便的人。他每次小便總是灑得到處都是，我好幾次勸他坐著上，他總是不肯接受。由於是在密閉空間裡的行為，我很難抓到現行犯，長久以來我一直在煩惱不知如何是好。

最後我逼不得已，只好決定請出明王。不過銅像不容易取得，所以我的作法是將曹洞宗大本山鶴見總持寺內的廁所明王像照片放大後貼在廁所裡。這個作法非常有效，由於站著上廁所一定會跟明王四目相交，就算堅持不坐著上，專注力也會大幅提升，不再隨便亂灑，我打掃廁所的次數也明顯減少了。

在乾淨的廁所裡上大號是最幸福的事。每當我坐在馬桶上，眼前所看見的都是為本書繪製插圖的插畫家阿部美知子女士所繪製的「貪吃鬼月曆」。從前我在旭川出外景時受過她的關照，從此之後她每年都會寄月曆來給我，我都會掛在廁所裡。

不愧是以貪吃鬼為名的月曆，每一張圖都畫得維妙維肖，令人食指大動。那種一邊排泄一邊又想要進食的感覺真是太有禪意了。

明王與貪吃鬼……我家的茅房實在是太讓人摸不著頭緒了。

麻花捲
（請不要誤會，沒有什麼特別的含意）

在定食餐廳深處的外星人們的注視下吃完超大分量的料理

常有演員說自己「唯一的興趣是看電影」。

但我是個每次看電影都會很在意細節的人，看電影的行為對我來說完全沒有辦法放鬆心情。所以我一年所看的電影數量，跟新橋一帶路上隨便一個上班族老伯差不多。

不過有時一早起來，下半身可能還穿著五分褲，我心裡會想著「今天看部電影好了」。當遇到這種情況，因為懶得上電影院，這時我就會坐在客廳裡，從電視頻道尋找好看的電影。

例如《驚爆銀河系》（*Galaxy Quest*）。這是二十多年前上映的一部B級科幻電影。

劇情大概是這樣的：主角是一群曾經拍過知名科幻影集的演員，那部科幻影集在從前風靡一時，外星人信以為真，因而懇求這些演員前往拯救他們的星球。於是這些演員們前往了外太空，幫助外星人解決問題。

這是一部歐美的科幻喜劇，就算是平常很少看電影的我，也可以看得毫無壓力。我平常不太看好萊塢電影，因為裡頭不太可能出現我認識的演員。科幻電影通常有著很高的拍攝預算，可惜跟我無緣。

《驚爆銀河系》很無厘頭，很搞笑，可以看得很輕鬆。但是這部電影裡提到的一些「演員的煩惱」，卻讓我漸漸笑不出來。

我衷心認為那些拍攝英雄戰隊、假面騎士影集的演員們真的很辛苦。年紀幼小的觀眾無法分辨「角色」與「演員」的差別，因此這些演員不管是在休息室裡休息，還是在舞臺上表演，都不能做出挖鼻孔之類的不雅動作，以免讓孩子們幻想破滅。

《驚爆銀河系》裡的外星人，也把演員當成真正的英雄戰士，想想這是多麼可怕的一件事。

「你真的把那些食物都吃完了？」類似這樣的問題，我不知已被問過幾百遍。「沒錯，只要是端出來的料理，我全部都吃完了。」我總是這麼回答[31]。

有時我偶然走進定食餐廳吃飯，會發現老闆給我的分量多到不可思議。轉頭一看，往往會看見老闆和店員躲在店內深處偷看。說真的，那樣的心態跟外星人又有什麼不同？我已經快六十歲了，不知還有多少年能夠符合老闆的期待。

《驚爆銀河系》裡頭的演員們在面對外星人的時候，也應該徹底卸下過去的光環，毅然決然地告訴外星人：「那些都只是演出來的。」我甚至不禁想像，如果外星人誤以為我是「大胃王」，招待我去他們的星球大吃大喝，會有什麼下場？我胡思亂想著這些事情，當我回過神來，電影已經結束了。

聽說烏克蘭的總統過去曾經是個演員，他扮演過總統，沒想到後來真的變成了總統。

我要再強調一次，角色與演員完全是兩回事。

不過他既然真的當上了總統，我衷心期盼最後的結果不要只是「一場誤會」。

31 作者松重豐因為拍攝電視劇《孤獨的美食家》（中文版由國興衛視播出），在電視劇裡大吃大喝，因而給人一種食量很大的印象。

比起《異形》、
《星戰毀滅者》、
《MIB星際戰警》、
《不速之客》……
這些電影，
我更害怕
小時候
在書上
看到的
章魚狀
外星人插畫。

隆景，你知道日本根本沒有「東京特許許可局」[32]嗎？

我做過不少旁白的工作。念旁白跟演戲不同，不需要記住臺詞，只需要隨著現實中的影像念出稿子。或許是因為這樣的立場很合我的胃口，我從來不曾拒絕過擔任旁白的工作。

NHK BS有個節目叫《英雄們的選擇》，由我擔任固定旁白，到如今已邁入第八年。只要事先讓我有時間閱讀稿子，我不用練習就可以直接上場。說穿了靠的是熟能生巧，由於能夠帶來與演戲完全不同的緊張感，我覺得非常有意思。

我本來還很驕傲地認為自己已經克服了所有容易吃螺絲的詞句。

沒想到就在前幾天，我擔任某體育節目的旁白，有一句「過去教導過的學生」竟然讓我念不出來。明明是很簡單的句子，但我就是會吃螺絲。再試一次，還是吃螺絲。試了很多次，不僅沒有改善，而且愈來愈糟糕。事先練習的時候，我完全沒有注意到這個句子會讓我吃足苦頭。

我想大多數的讀者跟觀眾應該都知道「吃螺絲」是什麼意思。簡單來說，就是舌頭轉不過來，沒有辦法把一句話好好講清楚。

一般的電影或電視節目，由於可以進行後製，念不好的部分只要再來一次，就不用擔心在觀眾面前出糗。但如果是舞臺劇或是現場直播，一旦「吃螺絲」，觀眾馬上就會知道。

有些「吃螺絲」可以重來，有些不行。不能重來的「吃螺絲」可能會影響作品本身的成果。一旦「吃了螺絲」，演員心裡一定會緊張，很可能會因為在心裡過度反省而再度「吃螺絲」。演對手戲的演員如果在心裡暗自竊笑，接下來很可能就會換他「吃螺絲」。這就陷入了「吃螺絲的連鎖反應」，結果就是造

32「東京特許許可局」是日本常見的繞口令。其中的「特許」是「專利」之意。

成舞臺劇慘不忍睹。聽起來很可怕，卻是現實中真的會發生的事情。

就算是可以進行後製的電視劇，如果連續說了很多次還是說不好，會讓現場的拍攝進度嚴重落後。例如我在很久以前，有一次一直沒有辦法說好「別心急，隆景」這句臺詞。當時的橋段是為了制止魯莽的小早川隆景，但是要在亢奮狀態下說出這句話，成了一個高難度的任務。

前面提到的旁白，最後是靠著重新錄製，順利把稿子念完了。

事實上我的姓氏「松重」（Matsushige）也很不好念，我曾經看過女播報員念了好幾次都念不好。

隆景，你知道日本根本沒有「東京特許許可局」嗎？

小時候吃豬腸，
總是咬到天荒地老，
不知道什麼時候
才能吞下去。

現在吃豬腸，
吞下去的速度
快到讓我自己懷疑
根本沒咬過……

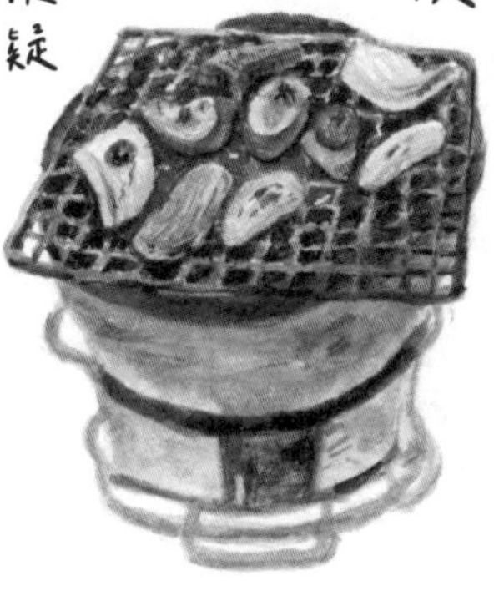

孤獨團隊在他的號召下團結一心，讓他一點也不孤獨

我向來不喜歡舞臺劇再度公演、電影拍攝續集、電視節目續播第二季這種蹭熱度的手法。但是電視劇《孤獨的美食家》已經拍了八季，前後歷經八年的時間，介紹過的店鋪多達上百間。

所有的店鋪都是製作團隊靠著自己的雙腿及胃袋找出來的。剛開始的時候，店家拒絕的理由是我們的知名度太低，現在店家拒絕的理由卻是擔心節目播放後店鋪會被慕名而來的客人擠爆。如今甚至有很多來自亞洲各國的觀光客，拿著旅遊手冊到處探訪這些店家。就算是我自己，有時遇到想要再吃一次的店鋪，也只能趁著節目播放之前，趕緊偷偷造訪。

那群製作出這個節目的優秀工作人員，我稱他們為「孤獨團隊」。八年前人數不到十人，如今已成長至將近三十人。

這個團隊的領導者，是溝口總導播。他是個愛喝酒、喜歡熱鬧的人，每次他舉辦包含住宿的外景活動，總是熱鬧滾滾，跟「孤獨」完全扯不上邊。他不僅喜歡宴會，還喜歡打桌球、射飛鏢及打保齡球，甚至還會帶大家坐屋形船。

「尋找店鋪」是這個節目最重要的工作。孤獨團隊在這方面的表現實在是可圈可點。有時他們會舉辦短期的現地調查活動，前往日本各地甚至是海外，找出符合節目風格的美味餐廳。

尤其是溝口導播，他的嗅覺跟味覺幾乎跟狗一樣靈敏。而且他還有一個了不起的本事，那就是他擅長博取店家的好感，緊緊抓住對方的心。為本書繪製插畫的阿部美知子女士，也是我們在旭川出外景時一起喝酒的好朋友。

但是溝口導播的選店有一個問題，那就是菜色大多是下酒菜。因為他總是一邊喝著啤酒，一邊尋找美味的食物，所以到頭來挑上的都是適合配酒的料理。《孤獨的美食家》的男主角井之頭五郎在設定上是個不擅喝酒的人，所以我在錄製過程中只能一直大喊「給我啤酒」。

過去我對溝口導播提出過不少任性的要求。如今幾乎已成為年底慣例的《孤獨的美食家》連線直播，也是只有做慣了綜藝節目的溝口導播才有辦法實現。

在製作第八季的時候，我也提出了各式各樣的要求，沒想到就在即將要開會討論的時候，溝口導播竟突然撒手人寰。聽說他前一天還開開心心地喝著酒。「孤獨團隊」失去了溝口導播這個父親，一時之間不知該如何是好，甚至考慮乾脆把節目收掉算了。但最後助理導播們決定繼承父親的遺志，好好地把這個節目做下去。

溝口導播，你現在拿著日本酒坐在天上，可要好好守護著我們，拜託你了。

歡迎光臨！
旭川
三四郎的老闆
溝口導播
「老闆！給我下酒菜跟燒酒！
兩個人在天上相遇，應該每天都會過著這樣的生活……

耳朵不想變餃子，喜歡相撲的柔道家超不會揮棒

奧運的門票全都落選了，再加上二〇二一年的夏天大概不會有什麼片子可以拍，看來奧運期間只能像過年一樣從頭睡到尾了。

不，等等……這次沒有舉辦國的時差問題，所以也不會在深夜或凌晨興奮地尖叫，想起來就有點寂寞[33]。

不過說了這麼多，我在二〇一九年底之前，都還在忙著東京都知事的工作，可沒空去管那些。啊，這個是《韋駄天》[34]裡的劇情（真懷念那時候，我還在《SUNDAY每日》上連載文章，完全不知道二〇二〇年會是什麼樣的一年）。沒看過《韋駄天》的人記得去找來看。

我小的時候球技運動完全不行，最喜歡的運動是「相撲」。除了相撲以外的運動，很少引起我的興趣。上了國中及高中之後，因為沒有相撲社，我只好

加入柔道社。

我進了柔道社後很認真練習，也拿到了段位，但我常常很恨自己怎麼會選擇柔道這種規矩這麼硬的運動。

不管是棒球、足球還是其他大部分的運動，上了年紀還是可以練習，而且能夠抱著遊戲的心情，玩起來很快樂。更重要的是打得好、踢得好的人看起來很帥，還會受女孩子歡迎。

甚至還有人大言不慚地告訴我：「棒球或足球的團隊合作就像拍電影。」真是讓我嫉妒不已。

相較之下，柔道完全沒有這些好處。自從畢業之後，我從來不曾再度穿上柔道服站在榻榻米上與人對打。而且柔道都是個人對個人的比賽，沒什麼看

33 二〇二〇年奧運延期至二〇二一年舉辦，由於舉辦都市為東京，所以不會有時差問題。

34 此處指的是NHK在二〇一九年播出的大河劇《韋駄天～東京奧運故事～》，作者松重豐在本作飾演曾任東京都知事的東龍太郎。

頭。還有，上了年紀之後，玩柔道的人更少，因為怕受傷。對了，還有最重要的一點，那就是柔道服很臭，非常臭。

電影或電視劇上的武打動作，和柔道差距非常大，柔道的動作完全派不上用場。而且如果太過認真練習，讓耳朵變成了餃子的模樣，能夠飾演的角色會變得非常少。

最諷刺的一點，是我經常飾演「曾經是棒球選手」的角色。每次我要演這樣的角色，都會趕緊到揮棒練習場練習揮棒，但不管我再怎麼認真練習，就是沒有辦法做出帥氣的揮棒動作。

拍片現場必定會有一些工作人員擁有打棒球的相關經驗，他們也會指導我的揮棒動作，但或許是因為我的身體早已習慣格鬥技的關係，總是和球棒有些格格不入。

最後那些工作人員都會放棄指導我，改為向導演建議靠運鏡手法敷衍過去。

到底要飾演什麼樣的角色，才會是練過柔道的人比較有利？除了嘉納治五郎[35]之外，我實在想不出還有什麼角色。但役所廣司把那個角色演得活靈活現，其他人根本沒有機會跟他爭那個角色。

或許還有《柔道一直線》裡的車周作吧。但這年頭根本不流行那種熱血運動作品。我決定一邊胡思亂想這些事情，一邊看奧運。

35 日本的柔道家，首任日本奧委會會長。在《韋馱天～東京奧運故事～》一劇中由役所廣司飾演。

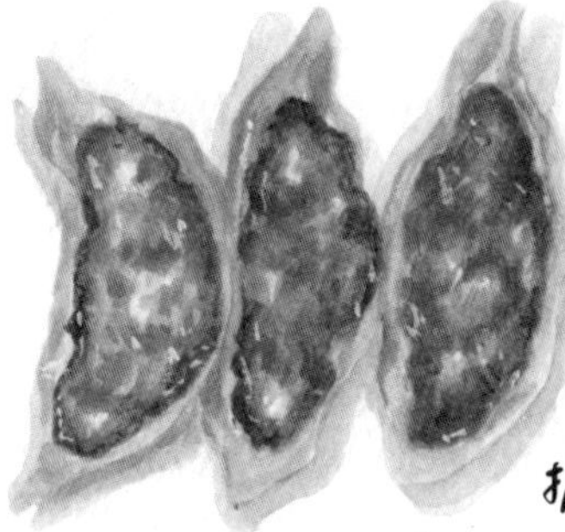
我家附近的豬排餐廳
提供的餃子。
真的是好吃
到不行。
簡直就像
是為了
配啤酒
而存在的！

但願能夠在除夕《紅白》的對手臺與單獨過年的人們一同大吃大喝

「一年又快過了。」我忍不住又說了這句話。時光的飛逝，如今已不是什麼新鮮的話題。最近我甚至感覺到指甲的生長速度變得好快。

我們演員跟搞笑藝人不一樣，每一年的年尾跟年初基本上不會有什麼工作可以做。日本人非常重視事情開始跟結束的時期，因此絕大部分的節目到了年尾都會告一段落。這代表什麼意思？意思就是每年到了十二月，我就沒有工作可以做了。不過當然也有可能是我這個演員的工作太少。

近年來因為《孤獨的美食家》會在年初的時候播放特別篇的關係，讓我的年底生活變得稍微忙碌了一些。到了第三年的時候，播放的日子更從年初變更為除夕當天，而且還是在播放《紅白》的時間。東京電視臺大概是已經看得很開，完全放棄這個時段的收視率了吧。既然如此，大家乾脆抱著背水一戰的心情亂搞一通。後來我們想出的點子，就是在除夕夜當天進行現場直播。

聽說從前的電視劇全部都是現場直播。在錄影帶問世之前，演員們只能現場演出，然後將影像即時傳送至家家戶戶的電視機。當然在我當上演員的時候，早就已經取消這種作法了。現場直播的電視劇，光是想像就好可怕。忘詞或吃螺絲都沒有辦法再來一次，而且結束的時間也有嚴格的規定，時間不夠就要以飛快的速度念臺詞，時間太長則是要想辦法拖延時間。

話題轉回《孤獨的美食家》。因為很難從頭到尾都採現場直播，所以直播的部分只有最後十分鐘。而且為了放大現場直播的感覺，有人提議混在新年第一次到神社參拜的客人當中，一邊看《紅白》一邊大啖美食。

但果然不出所料，ＮＨＫ不同意我們這麼做。最後我們只好採取折衷的辦法，讓客人以手機看《紅白》，一邊口頭說明節目內容一邊大啖美食。

第一年就這麼順利結束了，既沒有發生客人嘔吐之類不能出現在電視畫面上的影像，也沒有引發太大的話題討論。

到了隔年，上頭同樣指定在除夕當天播放，而且要我們增加現場直播的分量。

這一年，我們決定向伊東四朗求助。我們這個年齡層的人，說起現場直播的電視劇，大家都會想到《Mu一族》。伊東當時飾演的是宇崎屋的老闆，我們向他問了不少關於當年現場直播的回憶。除夕夜的夜晚，我們就在這「比任何人都更晚結束工作的幸福感」中，完成了第二次的現場直播。

有了第二次，當然就會有第三次。我一直以為二〇二〇年會有第三次的年底現場直播劇。

但是能夠處理直播演出的溝口導播突然病逝，因此直播也成了絕響。

看來我今年還是乖乖待在家裡看《紅白》吧。

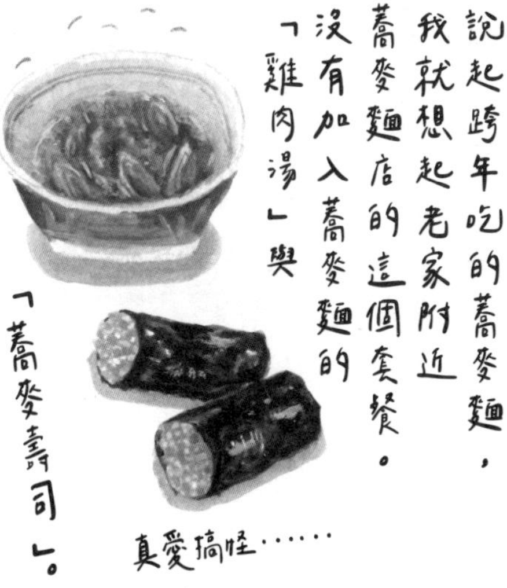
說起跨年吃的蕎麥麵，
我就想起老家附近
蕎麥麵店的這個套餐。
沒有加入蕎麥麵的
「雞肉湯」與
「蕎麥壽司」。
真愛搞怪……

拿下假髮洗個澡，就在那個夜晚
體會到了萬願寺甜辣椒有多麼甜

就算假日想要吃個美食，我也不會萌生「到京都去吧」的念頭。這當然是有理由的。

對我來說，去京都的目的就是要拍攝古裝劇。聽說從前並非只有京都才有屋外攝影場景，在東京近郊同樣也有，而且也不缺髮型師、服裝師、手持道具師等古裝戲的幕後專業人士。但在如今這個年頭，除了ＮＨＫ之外，其他單位都已經沒有辦法在關東地區拍攝古裝劇的武打場景了。

在二十年前，京都的片場是非常可怕的地方。或者應該說，像這樣的傳聞一直蔓延在江戶（東京）一帶。我還沒有去，心裡就已直發毛。

首先，那邊的制度非常可怕。不知道為什麼，新幹線車資只肯支付扣掉了一〇%稅金之後的金額。住宿費用當時一個晚上只支付四千圓，還要扣掉一〇%，也就是只能拿到三千六百圓。

不管是當時還是現在，都很難找到這麼便宜的飯店，但飯店得自己訂，他們不會幫忙安排。

從前片場的附近有一間名叫「T」的飯店（現在已經沒有了），勉強能夠以這個金額入住，但那裡的浴缸跟床都比我的身體還小。

預定要拍片的那天早上，必須先在片場穿好戲服，戴上假髮，然後到事務室領便當，並且支付八百圓的便當錢。

到了拍攝地點之後，在穿上盔甲之前，必須先將便當拿到安全的地方放好。不然的話，冬天可能會結冰，夏天可能會腐臭。

此外，沒有攝影行程的日子必須有整整三天相連，否則沒辦法回東京……諸如此類，許多制度都讓在東京過慣安逸生活的演員感到無法理解。

還有一點，京都的片場本身有很多專屬於這裡的演員。這些演員一般被統稱為「大部屋的演員」，眼神一個比一個可怕。拍片時如果走位走得不好，會遭他們以關西腔斥責。

老實說那時候我滿腦子只想著要趕快回家，根本沒有心情工作。問題是又不能就這麼撒手走人，只好到片場一樓的大浴場泡個澡，彌補一下擠不進飯店浴缸的鬱悶，讓心情恢復冷靜。

但我後來才知道，那間大浴場主要是提供給「大部屋的演員」使用，飾演固定角色的演員很少會進去泡澡。他們看見難得有東京來的演員進入大浴場，立刻開始鼓噪、嬉鬧。多虧了那次的「坦誠相見」，我跟他們的交情變好了，還會一起去喝酒。

聽說如今京都片場的制度改善了不少。所內的氣氛，也讓我感到有些懷念。

如果要去京都旅行，我會先到片場泡個澡，然後到太秦的紅燈籠（居酒屋）喝一杯。

拿下假髮洗個澡，就在那個夜晚體會到了萬願寺甜辣椒有多麼甜

這是我最喜歡的便當。
裡頭有炸雞塊及煎蛋。
看起來很像梅干的是筋子（帶卵巢薄膜的鮭魚卵）。

一開始很好，但我的皮膚似乎只喜歡漢字，不喜歡片假名

為什麼猜拳的時候必須先出石頭[36]？

剛到東京的時候，我看大家猜拳都會先喊一句「先出石頭」，真的嚇了一跳。原本我還以為只是一時的流行，但即使到了現在，工作人員為了爭奪剩餘的（有人來拜訪時送的）甜點零食而猜拳時，還是會喊出這句話。為什麼不一開始就隨便出？

我發現自己收集了好多皮膚科診所的診療卡[37]。

有些在函館或熊本的皮膚科診所，我大概一輩子不可能再去，但又捨不得把診療卡丟掉，因此愈積愈多。

當一個演員，當然會一天到晚穿著租借來的衣褲。有些時候，我甚至還得一整天裝扮成遊民的樣子。我的皮膚似乎對這些形形色色的衣物特別敏感，每次回到飯店，我都會忍不住在浴室裡猛抓皮膚。

古裝劇的戲服更慘，大多綁得非常緊。尤其是穿著盔甲拍攝打鬥鏡頭的那天晚上，我的身上總是會出現許多類似刀傷的條紋狀紅腫，讓我苦不堪言。晚上睡覺的時候也會不自覺地猛抓，抓到全身血跡斑斑，隔天只好趕緊到飯店附近的皮膚科診所就診。

而且當演員常遇到一種狀況，那就是必須在冬天拍攝夏天的場景。明明天寒地凍，卻必須穿著夏天的單薄戲服，一邊打著哆嗦，一邊吃著刨冰。像這種時候，總是會不由得怨恨那些穿著羽絨大衣的工作人員。

36 東京人的猜拳習慣，是雙方先出一次石頭，接下來才正式開始猜拳。臺灣並沒有類似的文化。

37 原文作「診察券」。日本並沒有類似臺灣健保卡的統一卡片系統，因此每一家醫院都會發給每一名病患一張診療卡，以利於調閱病歷。

幸好有一種名叫「發熱衣」的革命性內衣，拯救了我們這些演員。尤其是有「超」或「極」字樣的發熱衣，更是我們眼中的救命之物。然而這些救命之物，卻會讓我的皮膚發出哀嚎。明明沒有用力綁緊，也沒有陷入肉裡，皮膚還是一樣變得又紅又腫。明明「一開始感覺很好」[38]，怎麼會這樣？

有個服裝師建議我：「不要穿有化學纖維的衣物。」在挑選內衣的時候，要先確認成分表，盡可能挑選成分表上沒有片假名[39]的內衣。我後來才發現，有些內衣的成分表百分之百都是片假名。

盡可能挑選棉、麻、絹等容易看得懂的成分，或許就不會造成皮膚敏感。我仔細一找，真的有成分百分之百都是漢字的內衣。

尤其是全部都是毛製品的內衣最強，簡直是無敵，完全不會癢。但是價格昂貴。

自從學會了這一點之後，我就再也不會去皮膚科就診了。就當作是把省下來的初診掛號費與醫藥費拿來買內衣吧。有類似煩惱的讀者，也可以嘗試看看。

一開始很好，但我的皮膚似乎只喜歡漢字，不喜歡片假名

38 這邊的「一開始感覺很好」跟前面的「先出石頭」是一語雙關。原文都是「最初はグー」，卻有兩個意思。

39 日本人習慣以片假名來表記外來語，因此成分表上的片假名多為化學名詞。

外面
天寒地凍
房間裡
好溫暖
喝著
冰涼的
啤酒
咕嚕咕嚕

我要強調演員可不是點陣圖組成的

小田急線經堂站前方大樓地下室內有一間名叫「Analog（類比）」的酒吧，老闆小奧是我的多年老友。

他原本一直在搞樂團，直到五十多歲才開了這家酒吧。酒吧裡擺著唱片、唱片機，以及幾把吉他。客人們如果心情好，可以大家一起高歌歡唱。

小奧自己也會跟著我們一起喝酒、胡鬧，每次當我們要離開的時候，大家都早已喝得爛醉如泥，往往把要付錢的事忘得一乾二淨。有時我在深夜走進店裡，還會發現他躺在地上睡覺。不過他這家酒吧可不是省油的燈，在那裡可以吃得到山形藏王的珍奇料理。他的老家就在山形藏王，從前我曾經利用「青春18車票」[40]去他的老家玩過。

最近常有年輕的音樂家送給我自製的「唱片」。他們發表新曲的方式不再是製作CD，而是採用網路販售及製作類比音訊的唱片。這些從小只聽過數位音樂的年輕人，似乎已漸漸開始體會溝槽震動音樂的深奧了。我家裡也有很多長年保存下來沒賣掉的類比唱片，在接下來的時代，它們終於可以重見天日了。

手錶也一樣，自從七〇年代發生石英革命之後，許多傳統機械錶製造廠都瀕臨倒閉危機。然而如今那些古老的機械錶卻能在市場上賣到極高的價錢。機械錶的背蓋裡頭那不斷轉動且發出滴答聲響的機械，相信不是只有我會看得入迷。

現在拍電影，也幾乎沒有人使用底片了。雖然拍片的時候還是會喊「Rolling！Action！」，但是資料儲存已經不需要「轉動（Rolling）」了。

正因如此，現在拍電影也不再像以前那樣珍惜每一段影像。

電影剛上映時，演員們都會從後門經過放映室，到螢幕前向觀眾致謝。但

40「青春18車票」是日本JR企業所推出的天數制周遊車票，能夠在規定的日期內無限次搭乘JR列車（但有車種限制）。

如今通過放映室，已看不到從前那種巨大的底片轉盤，以及那些名為放映技師的專業人士的孤傲身影，實在是讓我感到有些寂寞及感傷。

在音樂及手錶的世界，「類比」都已經重新回到流行的舞臺。我把玩著最近才剛買的膠捲底片照相機，衷心期盼遭智慧型手機驅逐的照相機及影像的世界也能回歸「類比」的懷抱。[41]

取景窗能夠帶來視覺的樂趣，而快門的聲音能夠帶來聽覺的樂趣，令我愛不釋手。我就這麼流著口水，嘴裡喊著「真爽」，在經堂站前地下室酒吧裡，與小奧一同度過「類比」的夜晚。

41 日本人將「數位（Digital）」及「類比（Analog）」引申為「新技術」與「傳統技術」的相對概念，已不再侷限於「數位」及「類比」的原始定義。「類比」一詞常被用來指稱各種傳統技術及作法，因此像機械錶也被認定為「類比」的產物（相對於採用新技術的石英錶）。

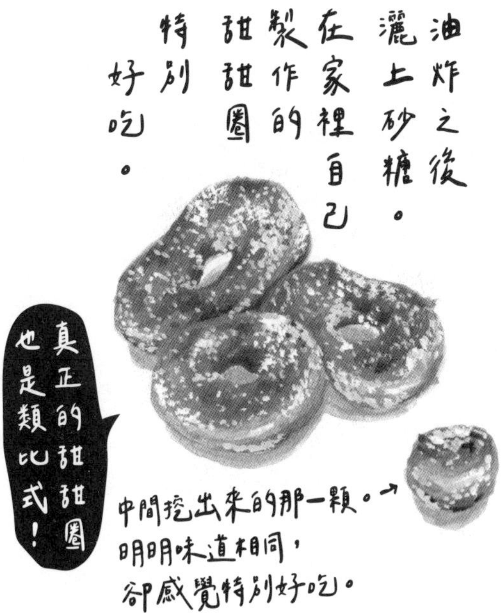
油炸之後
灑上砂糖。
在家裡自己
製作的
甜甜圈
特別
好吃。
真正的甜甜圈
也是類比式！
中間挖出來的那一顆。→
明明味道相同，
卻感覺特別好吃。

仿生人是否會夢見吃博多超軟烏龍麵？[42]

二〇二〇年讓我最驚訝的一件事，就是現實世界的時間已經超越了《銀翼殺手》[43]世界中的時間。

如今的世界，雖然天空常有無人機飛來飛去，但飛行交通工具還不至於在空中發生交通堵塞。一般民眾雖然有機會接觸ASIMO及Pepper[44]，但不會被貌似魯格．豪爾[45]的人造人攻擊。

但是大大地出現在螢幕上的胃腸藥，如今依然能在車站前的藥局買到。在洛杉磯仔細尋找，要找到一間賣烏龍麵的攤販應該也不成問題。

重點就在於當年震驚世人的電影開場橋段裡，哈里遜．福特吃的是什麼烏龍麵？

在這部電影剛上映的一九八二年，「烏龍麵」在東京，只能屈居在立食蕎麥麵店裡，被浸泡在蕎麥麵的湯汁內，原本柔軟白皙的肌膚也變得黝黑而醜陋，可說是極盡屈辱之能事。由此可知當時烏龍麵在蕎麥麵文化圈裡，是如何不受重視。

但後來爆發了空前絕後的讚岐彈牙烏龍麵的熱潮，到如今即將邁入博多超軟烏龍麵的時代。博多烏龍麵的柔軟程度，光是用嘴唇就可以咬斷，而且同樣帶有彈牙的口感。上頭的配菜以牛蒡天婦羅為主，但我覺得圓形的魚板天婦羅也不錯，導演雷利・史考特（Ridley Scott）或許早已預期博多烏龍麵在未來會引發流行，所以讓哈里遜・福特吃著魚板天婦羅烏龍麵。光是想到這一點，我就

42 本文標題模仿電影《銀翼殺手》（*Blade Runner*）的原作書名《仿生人是否會夢見電子羊？》（*Do Androids Dream of Electric Sheep?*）。
43《銀翼殺手》上映於一九八二年，作品中設定的時代背景為二〇一九年。
44 ASIMO 是由日本本田技研工業所開發的機器人，Pepper 則是由鴻海精密所開發的機器人。
45 魯格・豪爾（Rutger Hauer）是荷蘭籍演員，在《銀翼殺手》中飾演人造人羅伊・貝提。

不禁暗自讚嘆。

那個時代除了科幻電影之外，電視遊樂器也很熱門。其中最受歡迎的就屬RPG（角色扮演）遊戲了。

當時的角色扮演遊戲，在關閉電源之前必須以鉛筆抄下隨機排列的五十音（當時稱作「復活咒語」），否則再次開機時無法回到原本的進度。當時的我，就沉迷於這種強迫執行「類比式作業」的粗糙點陣圖數位遊戲。

如今過了數十年，我為了找回當年的那種感覺，玩了那個遊戲的第十一代。一玩之下，我不禁感慨於電子遊戲的進化實在太驚人了。當初每個登場人物看起來都只像是由點組成的塊狀物，如今卻成了活靈活現的動畫人物，朝著栩栩如生的魔物衝過去，讓牠們一一升天。雖然劇情完全沒有改變，但畫面的變化大得讓人嘖嘖稱奇。

就算是電影《星際大戰》，進化的程度也沒有這麼誇張，我深深感覺到電子遊戲的變化甚至遠遠超越電影。

當年那個夢想著能夠參與《星際大戰》演出的年輕人，到了《星際大戰》系列接近尾聲都沒有實現這個夢想，只能靠著眼前的幻想世界來療癒心中的創傷。

「先來一發貝荷依米[46]吧。」

46 貝荷依米（ベホイミ）是《勇者鬥惡龍》系列遊戲中的補血咒語。

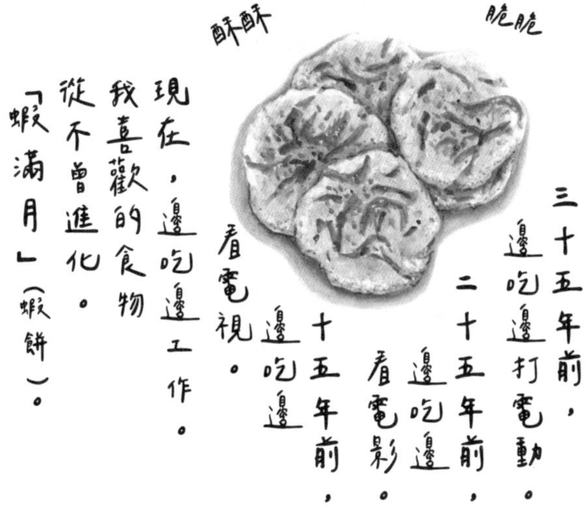
酥酥
脆脆
三十五年前，邊吃邊打電動。
二十五年前，邊吃邊看電影。
十五年前，邊吃邊看電視。
現在，邊吃邊工作。
我喜歡的食物從不曾進化。
「蝦滿月」（蝦餅）。

我可是送了壽喜燒鍋當結婚賀禮，可千萬別離婚了

長年提供報稅協助的青色申告會[47]介紹了一個稅務師給我。我帶著妻子拜訪對方的事務所，詢問對方是否能夠服務像我這種職業的客戶，對方想了非常久之後說道：「我過去從來沒有服務過像您這種職業的客戶，能不能請您具體說明您這個職業主要做的是什麼樣的工作？」

我聽他這麼問，一時也不知道該怎麼回答，對方接著又說：「是不是類似把炸天婦羅用的油回收之後製作成燃料？」

「俳優業」是靠臉及知名度吃飯的職業。被誤當成了「廢油業」[48]，從匿名性的角度來看似乎不是一件壞事。

壽喜燒跟壽司、天婦羅等食物的最大差別，就在於家裡做的跟外面做的沒有多大差異，所以我很少在外頭的餐廳吃壽喜燒。

壽喜燒雖然給人一種相當奢侈、昂貴的印象，但其實從高級神戶牛，到一百公克九十八圓的進口牛肉的邊角特價品，都可以用來煮壽喜燒。

壽喜燒的主角是牛肉嗎？我的回答是NO。壽喜燒的主角不是牛肉，也不是軟趴趴的蔥。我小聲地說道：「是肥肉塊。」

肥肉塊這種東西，從來不會寫在菜單上，或是菜色清單中。就像是不會出現在片尾製作人員名單上的小配角。它往往被放在超市內的肉類專區的上方架子上，分裝成小小一包，連價錢也沒貼。但是要製作壽喜燒，肥肉塊卻是不可或缺的成員。甚至可以說，壽喜燒這道料理是由它揭開序幕。

歌劇《壽喜燒》一開幕，就是肥肉塊在熱騰騰的鍋子裡舞動的場景。當男、

47 青色申告會是協助民眾報稅的公益團體。

48 日文中的「俳優」即演員之意。由於「俳優業」與「廢油業」發音相同，所以有此誤會。

女主角在鍋中大放異彩的時候，肥肉塊依然在鍋底以其低調的演技維持著舞臺氛圍，增加蔬菜們的滋味。

到了接近尾聲的時候，肥肉塊已完全融入了劇情之中，就算到了謝幕的時間，觀眾依然看不見其身影。

但我會在中段第二幕的剛開始，就在眾演員之中尋覓著他。此時他會看起來有些削瘦，被醬汁染成了黑色，然而當我將探照燈打在他的身上，他的內心依然潔白無瑕。接著我會在周圍旁人的蹙眉注視之下，將他夾起來沾上蛋汁，放進嘴裡慢慢咀嚼。「太美味了。」

姑且不談肥肉塊，炸天婦羅的油確實有可能回收後製作成燃料。畢竟地球的化石燃料並非用之不竭，為了我們的後代子孫著想，我們必須以廢油創造出美好的未來。

說了這麼多冠冕堂皇的話，但我充其量不過是個演員。為了不被認為是個「廢優」，我只能一邊吃著肥肉塊，一邊努力工作。

不管是培根的肥肉，
還是義大利香腸的肥肉，
我都很喜歡。

當然最喜歡的
還是牛的肥肉。

等候時間就要對著鏡頭毫無意義地大聲念出不雅字眼

橫濱市營地下鐵藍線中心北站剪票口內的男子廁所裡的牆面平臺，是我親手施工完成的。

所謂的牆面平臺，就是男性站在小便斗前小便的時候，放置隨身行李的那個凸出來的狹窄平臺。如果要把包包放在上面，一定要提高警覺，不然尿尿到一半，包包可能會掉下來，被無法緊急關閉的噴水口噴上大量黃色液體。

從前我還在當實習石板工人的時候，師傅把那座牆面平臺交給我處理，所以那座牆面平臺是由我一手製作出來的。

我偶爾經過這個車站，就算不想尿尿，也會走進男生廁所，檢查一下我當年製作的這個作品。石面有沒有龜裂？邊角有沒有剝落？把包包放在上面會不會髒掉？

或許這意味著在我的潛意識之中，非常嚮往能夠在這世上留下成果的工作。

演員可以說是一種「虛業」，沒有辦法留下觸摸得到的成果。這個工作在面對地震、病毒之類有形無形的威脅時，可說是相當無力。當遇上場地暫停使用或暫停活動之類的狀況時，演員往往只能默默承受。我只能點到這裡，不敢說得更具體，總之演戲是一個捉摸不著的工作。

臺詞一說出口，就會消失無蹤。但那也沒有什麼關係。有時我不禁懷疑，我演戲的唯一目的只是想要聽導演說出「ＯＫ」兩個字。我希望所有的問題，都可以像空氣一樣消失得無影無蹤。但是演戲的成果，最後還是會以ＤＶＤ或 Blu-ray 光碟的形式保存下來。根據慣例，這些商品在發售的時候，我都會拿到一份。但要怎麼處置這些東西，往往成了我心中的一大煩惱。

有些演員會反覆確認自己過去的演技。但我從來不看，以後也不打算看。或許我說出這種無情的話，會讓某些人感到失望吧。但我向來不喜歡毫無意義的反省，所以我從來不看過去拍的作品。

對我來說最大的問題，是我不知道該如何處置這些不斷增加的圓盤。我曾經考慮過拿到網路拍賣上賣掉，賺一點小錢，但因為我演戲使用的是本名，如果我把這些東西拿到網路上賣，上頭的人一定會把我罵得狗血淋頭。這種東西就算當成遺產，子孫拿到了大概也不會開心。最好還是在我活著的時候，把它們處理掉吧。有些商品的盒子非常厚，因為裡頭包含了特典影像的光碟。所謂的特典影像，通常都是休息室裡發生的事，那種影像根本不應該拿給觀眾看。

近年來休息室裡常常會有拍攝特典影像用的攝影機，害我就連拍攝前的等候時間都沒有辦法好好休息。

遇到這種情況，我通常會大喊禁止使用的不雅字眼，或是說出一些業界內的醜聞，讓這些影像沒有辦法使用。通常只要這麼做，裝設攝影機的工作人員就會知難而退，但這也讓我不禁有些自我厭惡，覺得自己變成了一個討人厭的糟老頭。

老師說站在身邊的不一定是朋友，照相不見得總是被照的那一個

這天下午，在東京都心的某公園裡，我坐在長椅上休息，等待著下午的攝影行程。

此時雖然是夏天，但都市裡的樹蔭底下有著陣陣微風，感覺相當涼爽。過了一點之後，往來路過的人大幅減少，悅耳的鳥囀聲讓我感覺眼皮愈來愈沉重。正當我昏昏欲睡的時候，忽然身旁傳來了一句搭話聲。

「不好意思，能夠照個相嗎？」

如果是在拍片現場，或者是我正要趕往某個地方，通常我會拒絕這樣的請求。但此時我剛好閒著沒事，一時想不到拒絕的理由。雖然我此時正穿著戲服，

但只要提醒對方別放在社群網路上，基本上也不會有什麼太大的問題。我抬頭一看，那是一對看起來相當純樸的情侶。於是我從長椅上站了起來，稍微把衣服上的皺褶拉平。正當我擺出了最自然的姿勢時，對方把智慧型手機遞到了我手上。

「麻煩你了。」

那對情侶站在噴水池前，各自擺出了姿勢。原來他們不是要拍我，是要拍他們自己。我一時糊塗了，不小心按錯按鍵，手機竟然不動了。我只好露出苦笑，跑到男人的身邊，再度問他如何操作。過度的自我意識，讓我全身冷汗直流，襯衫的兩邊腋下都濕了。

聽說有同業者不小心跟「反社會勢力」拍了兩個人的合照，後來遭對方以那張照片威脅。我們演藝人員非常重視來自他人的好感，因此當遇到有人想要一起拍照時，我們不可能先詢問對方的身分背景。就算對方的外貌看起來並非善良之輩，也很少有演藝人員敢拒絕對方。因此為了避免不必要的誤會，或許我們應該公開宣布，拒絕與任何人拍攝單獨兩人的照片。

在從前的時代，我們不會使用「反社會勢力」這種拐彎抹角的稱呼。當時如果要拍攝V-cinema（非電影院首映電影）或類似形態的電影，往往會求助於那些勢力。例如想要在夜晚的鬧區之類的地方拍攝外景，會找那些勢力的人來幫忙，以確保拍攝的過程能夠平安無事。有些大哥級人物甚至會要求想要飾演片中的角色。我還記得有一天，我正在拍片現場準備東西，忽然有一名老人在一群彪形大漢的簇擁下走進臨時演員休息室。身分特殊的臨時演員，可說是世界上最難搞的東西。我心裡一方面忌憚著那老人，一方面盡全力說出了黑道的臺詞。「卡！」

攝影結束後，那個臨時演員走到我的身邊，對我低聲說道：

「小哥，你挺厲害，簡直就像真正的黑道。願不願意跟我一起拍張照？」

當時我以僵硬的笑容拍下了那張照片，應該不會有什麼問題吧？

客人！
麵要糊了！
啪！
唔……唔……
看得我都
開始緊張了。

在黑道事務所不小心撒了謊，要怎麼做才能獲得防心震的功能？

現在大多數的人拍照都是用智慧型手機，但我還是寧願使用照相機，而且不是數位相機，是傳統的膠捲底片相機。

按下去的那個瞬間，就已經決定成敗了。當然這未嘗不是一件好事。從前都是一拍定勝負，等到照片洗出來才因為畫面模糊而嘆息不已。我們沒有森山大道[49]的技術，看來至少還是需要「防手震」的功能。

偶爾來叫個外賣吧。等等，現在好像叫宅配？還是叫外送？但要叫 Uber 什麼的，對我們這些中高齡者來說實在有些抗拒。如果是蕎麥麵店的學徒送來，那也還罷了，但要叫個不認識的年輕人騎著單車，一手拿著手機，一手端著豬排飯到我家，我總覺得怪怪的。

話說回來，自從進入二十一世紀之後，日本就沒有所謂的學徒了，都是一些打工仔騎著機車在送貨。我聽見了本田小狼[50]停車的聲音，接著聽見了腳架立起來的聲音。然後是解開座位後面的彈簧繩的聲音。終於要送來了。這一連串的聲音，更加增進了食慾。等等，那個彈簧繩也算是一種送貨時的「防手震」道具吧？這打工仔叫什麼名字？年齡幾歲？

將近四十年前，我也曾在下北澤的拉麵店工作過。當時我們也常被派出去送餐。但那時候我們的送餐範圍，僅限走路能到的距離，而且途中不能有平交道。因為平交道實在等太久了，麵會糊掉。我們的送餐對象有電影院、小酒館、拳擊館，甚至還有黑道事務所。要送餐到危險的地點，我們都會先猜拳，由輸的人去。每次遇到這種情況，大家都會繃緊神經。

49 日本知名攝影師，擅長利用粗顆粒、模糊、失焦的技巧拍攝黑白照片。

50 由日本本田企業所推出的一系列機車，為世界上銷量最大的交通工具。日本有許多外送人員是騎這款機車。

保鮮膜一定要包個兩、三層，而且要提醒自己別忘了帶要找的零錢。黑道事務所離拉麵店最遠，如果麵糊掉，可能會讓自己惹上麻煩。因此除了謹慎小心之外，腳程還得要快。小心翼翼地走上階梯，敲門，把門打開。

送餐點到黑道事務所。電影裡也常有這樣的橋段。小心翼翼地從餐盒裡將中華蓋飯、煎餃拿出來。要端出最裡頭的小湯碗時，不知被什麼東西絆了一下。湯碗一斜，湯汁全從保鮮膜的縫隙流了出來。

當我拿出來的時候，只剩下一個空碗。對方問我「這是什麼」，我只能尷尬地回答：「給您分餐用的。」最後當然還是被罵了一頓。

這不是只有手震的問題，恐怕還有心震的問題。

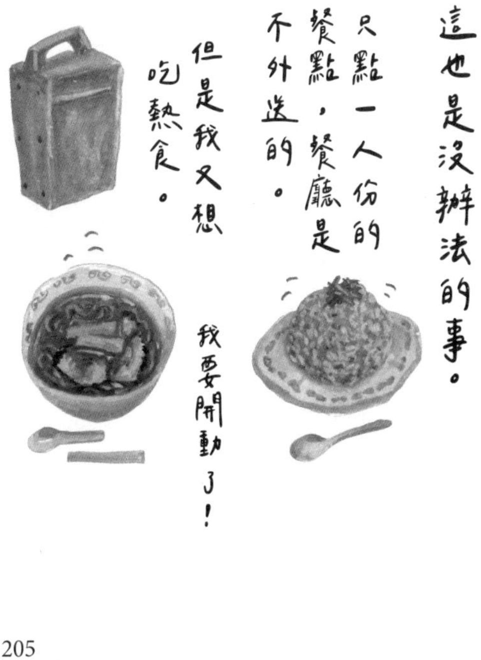
這也是沒辦法的事。
只點一人份的
餐點，餐廳是
不外送的。
但是我又想
吃熱食。
我要開動了！

你相信只要持續打針，就可以脫離魔掌的方法嗎？

每年到了春、秋兩季的換季時期，不管是男演員還是女演員，相信都會苦惱於鼻塞、流鼻水、說話有鼻音的問題。

雖然只是很常見的過敏現象，但所有能夠立即見效的對症療法，都帶有嗜睡之類的副作用。

如果你也有這樣的煩惱，我要悄悄告訴你一個好方法。這個方法不僅便宜，而且沒有副作用。雖然需要耗費的時間有點長，但只要治癒之後，就不用擔心會復發。

「自從用了這個方法之後，我就不再需要面紙了。」每個人聽我這麼一說，都會急著問我詳情。但是沒有一個演員實際付諸行動。你知道為什麼嗎？

我年輕的時候，一直在東京過著獨居生活。二十歲那年，我從吉祥寺搬至下北澤。從原本四張半榻榻米大的雅房，升格為有獨立廁所，我開心得不得了，卻沒有發現新住處的窗外有一座鴿舍。

每天從早到晚，都必須忍受鴿子叫聲的音波攻擊。那也就罷了，更可怕的是日以繼夜的羽毛粉塵攻擊，讓我的支氣管飽受傷害，竟從此罹患了小兒氣喘。不對，我已經是成年人了，所以是成人氣喘。

一旦體質改變之後，就算遠離了鴿舍，也會因杉樹、豚草的花粉，甚至是家裡的塵埃而產生過敏症狀。當時還曾經嚴重到半夜無法呼吸，跑到急診醫院就診。

在我成為氣喘重症患者的數年之後，我加入了劇團，而且即將在秋天前往英國進行公演。這讓我非常煩惱，因為如果在陌生的異國發作的話，可是會非常麻煩。於是我趕緊向一位專治咽喉疾病的名醫求助。

老醫生告訴我，英國的秋天應該不用擔心，我也不知道對方的根據是什麼。老醫生接著又勸我，不如趁這個機會接受「免疫療程」。具體的作法，就是將極少量的過敏物質注射到體內。剛開始是每星期注射一次，接著漸漸減少為一個月兩次、一個月一次、兩個月一次，間隔逐漸拉長。整個療程從開始到結束，需要整整兩年的時間。由於並沒有使用藥物，所以治療費用相當便宜，而且沒有副作用，聽起來相當完美。

但是兩年的時間實在太長了。需要相當大的耐心，而且每次打針都會痛一次。我是抱著死馬當活馬醫的心情，不想再持續痛苦下去，才持續接受治療。從治療結束到現在，已經過了三十五年，如今就算到了花粉的季節，我也不需要面紙了。萬歲！

但是成功的機率只有七〇％。這是最大的問題。所以我沒有辦法強力推薦給他人。

啊，聽說近年來多了一種不用打針的方法。就是加在糖果裡面用含的。

你相信只要持續打針，就可以脫離魔掌的方法嗎？

從前我一直
以為自己
不喜歡吃甜食，
但最近我才
發現，如果是
高級蛋糕的話，
我可以一口氣
吃下好幾個。

就讓我來創造一個在星空下圍繞著營火暢談人生的場景吧

當日照愈來愈短，在入夜之後拍外景對於我這個不習慣寒冷的演員來說，實在是件苦差事。如果身上的戲服又很單薄，那更是苦不堪言。

像這種時候，我就會拜託工作人員製作「GANGAN」。什麼是「GAN-GAN」？首先，工作人員會以熟稔的動作拿出一個挖了好幾個洞的一斗裝大鐵罐。接著工作人員會在鐵罐裡放入大量的木炭，並且將撕成了好幾塊的瓦楞紙點火之後投入鐵罐裡，然後抓起鐵罐的提把，像大風車一樣快速旋轉那隻鐵罐。過了一會兒，當瓦楞紙差不多燒完了的時候，工作人員就會停止旋轉。朝鐵罐裡一看，木炭都已燒紅了。這就是簡易的取暖道具「GANGAN」。

製作「GANGAN」的過程相當帥氣，而且會給人一種「這個工作人員很有能力」的感覺。真正的「男子漢」必定善於運用「火」，或許是從原始時代流傳下來的刻板印象。

在我年輕的時候，手頭沒什麼錢。雖然有很多空閒時間，但因為不知道什麼時候會接到工作，沒有辦法事先規畫旅行。那個時候的我，特別喜歡露營。

就算是在黃金週或暑假期間，汽車露營場地只要在前一天預約，通常都能預約得到。而且費用相當平價，一個家庭只要大約五千圓。

關東地區到處都可以找得到汽車露營場地，有些較高級的場地甚至還有溫泉。餐點當然就只能仰賴炭火燒烤，生火向來是父親的任務。如果火生不起來，不僅要餓肚子，而且還會沒有亮光，也不能取暖。因此我一定要巧妙地利用風及火，把木炭燒紅，就像那帥氣的工作人員一樣。

孩子看著父親生火時的背影，不知有何感想？事實上我從來沒有問過孩子，但我自己倒是做得相當開心。隨著露營的次數增加，帶去露營的道具也愈來愈多，甚至塞不進我的豐田Land Cruiser。真懷念那段時光。

近年來工作人員已不再使用傳統的方式製作「GANGAN」。他們已不再使用鐵罐，而是使用一種長方形的箱子，裡頭放的也不是木炭，而是固態燃料。有點像是在旅館裡吃晚餐時，女服務生會幫忙點火的那種藍色固態燃料的巨大版。由於體積龐大，在使用上需要一點勇氣，但就算是女性工作人員，也可以使用點火器瞬間將它點燃。不知不覺，拿著火鐵罐像大風車一樣旋轉的帥氣工作人員已成了時代的眼淚。

如今我的孩子已經出社會了，從前那段露營的時光也離我愈來愈遙遠。不過聽說最近又掀起了露營的風潮。雖然我有點想要當個滿頭白髮還是能用大風車旋轉把火點燃的帥氣老爺爺，但我有點擔心自己的五十肩，所以不敢輕易嘗試。

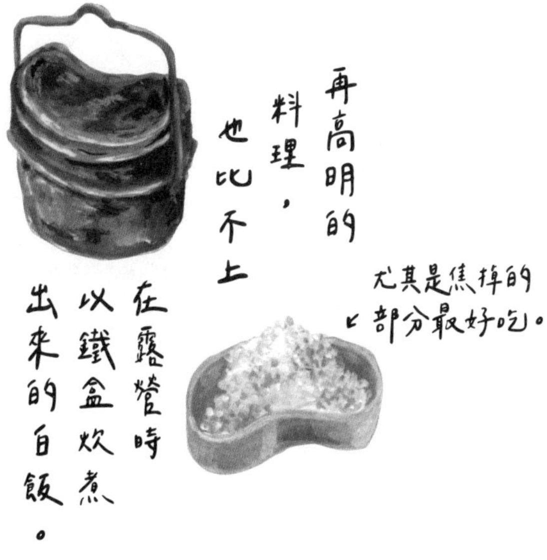
再高明的
料理，
也比不上
在露營時
以鐵盒炊煮
出來的白飯。
尤其是焦掉的
部分最好吃。

後記

能夠讀到這裡的人，代表應該是耐著性子看完了前面的短篇集及散文。對於這麼難能可貴的讀者，我在此致上最深的謝意。

當然也有一種情況，是看到一半就氣到想要看看是哪個無聊傢伙寫出這種廢文，翻到後面想要找作者照片卻看到這篇後記。如果是這樣的讀者，我只能致上最深的歉意。雖然我沒有辦法退錢給你，但我沒有惡意。

二〇二〇年。在後人的眼中，這會是什麼樣的一年，我完全無法預期。

我從前年開始，就在《SUNDAY每日》上連載散文。在二〇二〇年春天（三月）的時候，編輯問我要不要把這些散文集結成冊。當時還能在「密閉」的咖啡廳裡討論事情，由於散文的分量還不太夠，我們商議了許多灌水的方法。例如加入跟某人的對談，或是再多寫一些東西出來。不過當初的預定出版時期為二〇二一年的春天，我心裡覺得反正還很久，所以也還沒有認真思考。

沒想到過了一個月，政府突然發布「緊急事態宣言」，讓我被迫過起了蟄居生活。未來的讀者看到這裡，或許會一頭霧水，因此我稍作解釋。如今有一種名叫新型冠狀病毒的東西肆虐全世界，就連位在遠東地區的島國日本，許多民眾也被迫關在家裡沒辦法出門。當然戲劇也被歸類為「沒有迫切需要」的工作，所以包含拍片及舞臺劇在內所有的工作全部停擺，我只能乖乖地待在家裡，過著足不出戶的日子。

「沒有工作可做，只能待在家裡。」

我在年輕的時候，就已經過慣這種生活了。不管原因是病毒，還是自己名氣不夠，我都只能接受事實。如果是年輕時的我，應該會開始尋找短期或僅限一天的打工機會。但如今，一來政府發布緊急事態宣言，根本沒辦法打工，二來也沒有五十七歲能做的打工工作。

所以我開始尋找有沒有什麼能夠在家裡做的工作。偏偏我又沒有什麼才藝，沒辦法當網紅。這可真傷腦筋。沒辦法，看來只能坐在電腦前，把我心裡面的胡思亂想打出來了。

我也不知道自己能夠寫什麼，就咬著牙亂寫，一天寫一篇，不知不覺就寫了十二篇。全部攪和在一起，或許就可以變成一本書吧。我心中抱著這樣的奢望。以上就是本書的成立過程，如果能夠讓你讀得開心，將是我最榮幸的事。如果你讀得不開心，也請你不要生氣，我沒有惡意。

如果能夠把這些內容完全當成我個人的胡思亂想，來一趟幻想世界裡的自由之旅，或許也是一件挺有趣的事。雖然我心裡這麼想，但畢竟這些內容都是我窩在家裡擠出來的東西，內容侷限在我的生活周遭，因此我只能創造出這麼一個狹隘而空泛的世界。即便如此，我還是抱著但願能夠博君一笑的小小期待，將稿子寄給了五十嵐編輯。沒想到後來事情的發展意外順利，就這麼敲定改成年底之前出版這本書。在原本的工作完全停擺的狀況下，我們靠著遠端聯繫完成了這項壯舉，這幾乎可以說是一個奇跡。

就在出版作業即將邁入尾聲的時候，我忽然接到了《SUNDAY每日》上的連載將要結束的消息。

這意味著〈演者戲言〉還來不及謝幕，就要拉下幕簾了。

這段期間一直閱讀我的文章的讀者們，我想要在此向你們道謝，謝謝你們的青睞。

也謝謝阿部美知子女士，從頭到尾一直為我們畫出美麗的插畫，不知道該如何才能向她表達我的感謝之意。唯一感到可惜的一點，是沒有機會讓讀者們看見彩色版的原畫。

我以三流演員的身分，扮演了兩年的半調子散文作家，又當了三個月的三流小說家。我不禁感慨，這段日子真的很快樂。

編輯甚至實現了我的最後一句遺言：「希望把裝幀的工作交給菊地信義。」（編按：原版裝幀）我的心中已經沒有一絲一毫的遺憾。

我在此由衷感謝教導我京都腔的京都國語教師石見憲治、和子夫婦、大方提供非專業協助的ZAZOUS事務所松野惠美子社長、經紀人鈴木由香，以及從頭到尾對我的胡思亂想之作不離不棄的《每日新聞出版》五十嵐麻子女士。

松重豐

二〇二〇年十月

〈愚者妄言〉為未發表作品。

〈演者戲言〉刊載於《SUNDAY每日》二〇一八年十月十四號～二〇二〇年十月十八號，集結出版時經過更改標題及修正內容。

空洞的內在

空洞のなかみ

空洞的內在／松重豐著；李彥樺譯.
— 一版.－臺北市：臉譜出版，
城邦文化事業股份有限公司出版：
英屬蓋曼群島商家庭傳媒股份有限公司
城邦分公司發行，2022.06
面； 公分.－(臉譜書房；FS0149)
譯自：空洞のなかみ
ISBN 978-626-315-143-7(平裝)
861.479 111007163

一版一刷 2022年6月

ISBN 978-626-315-143-7
定 價 新台幣360元

作　　者　松重豐
譯　　者　李彥樺
責任編輯　陳雨柔
設計統籌　陳恩安
內頁排版　黃暐鵬
行銷企畫　陳彩玉、楊凱雯、陳紫晴

發 行 人　凃玉雲
總 經 理　陳逸瑛
編輯總監　劉麗真

出　　版

臉譜出版
城邦文化事業股份有限公司
台北市民生東路二段141號5樓
電話：886-2-25007696 傳真：886-2-25001952

發　　行

英屬蓋曼群島商家庭傳媒股份有限公司城邦分公司
10483台北市民生東路二段141號11樓
客服專線：02-25007718；25007719
24小時傳真專線：02-25001990；25001991
服務時間：週一至週五上午09:30-12:00；
下午13:30-17:00
劃撥帳號：19863813 戶名：書虫股份有限公司
讀者服務信箱：service@readingclub.com.tw
城邦網址：http://www.cite.com.tw

香港發行所

城邦(香港)出版集團有限公司
香港灣仔駱克道193號東超商業中心1樓
電話：852-25086231
傳真：852-25789337

馬新發行所

城邦(馬新)出版集團 Cite (M) Sdn Bhd.
41-3, Jalan Radin Anum, Bandar Baru Sri Petaling,
57000 Kuala Lumpur, Malaysia.
電話：+6(03) 90563833
傳真：+6(03) 90576622
讀者服務信箱：services@cite.my